U0579200

[英]
埃德温·艾勃特
著

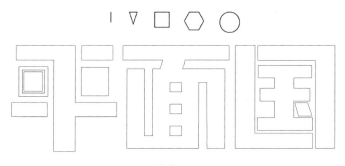

张翔 译

江苏凤凰文艺出版社
JIANGSU PHOENIX LITERATURE AND
ART PUBLISHING

注：内文手绘插图由作者埃德温·A.艾勃特绘制。

其他插图由娜奇迹绘制。

H.C.先生指霍华德·坎特勒（Howard Candler，？—1916），作者的终身挚友，曾在英国著名私立学校阿平厄姆公学担任数学教师。

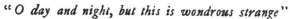

"O day and night, but this is wondrous strange"

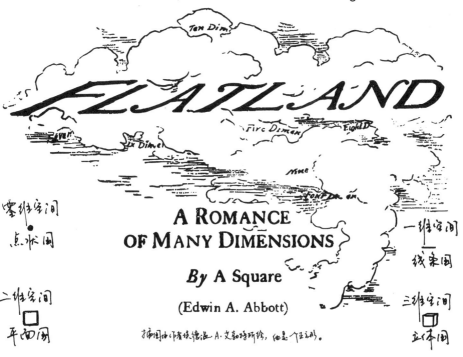

FLATLAND

零维空间
点状国

二维空间
平面国

一维空间
线条国

三维空间
立体国

A ROMANCE OF MANY DIMENSIONS

By A Square

(Edwin A. Abbott)

扉画由作者埃德温·A.艾勃特所绘，他是个正方形。

昼隐夜继，世事皆奇[①]。

---

① 原文 "O day and night, but this is a wondrous strange"，出自莎士比亚戏剧《哈姆雷特》的第一幕第五场。后续脚注若无特殊说明，皆为译者注。

谨以此书献给

所有空间的居民

特别献给H.C.

此书作者

是个谦卑的平面国居民

起初，他只知道

二维世界

后来，他有缘窥得

三维世界的奥秘

他希望

宇宙中的居民，在本书的激励下

往高处求索

探索四维、五维，甚至六维世界的奥秘

这将有助于

拓宽我们的想象力

也可能在立体世界的人类中

发展出

最罕见又最为杰出的谦逊美德

你们可是比平面国更为优越的物种

再版序

    我那位可怜的平面国朋友在写下这本回忆录的时候，精神还十分旺盛，不过他现在的活力已然不如往昔，否则我就不需要替他为这本书做序了。我谨代表他向立体国的读者和评论家表示感谢，感谢诸位的欣赏，这部作品才得以在这么短的时间内再版。其次，他希望为首版中的某些错误和印刷瑕疵道歉，虽然他并不需要为此负全责。最后，他也想借此机会对收到的几处误解和质疑做出解释。不过他已经不是以前的那个正方形了。多年监禁生活、大众对他的怀疑和嘲笑，结合年迈体衰的变化，给他带来了沉重的负担，以至于他遗忘了不少事情。他短暂旅经立体国时吸收的许多思想和观念，还有许多术语都在他的记忆中消散了。所以，他委托我代表他回应两点质疑，一是智识层面的质疑，二是道德层面的质疑。

第一个质疑说的是，平面国人看到一条直线的时候，他们所看到的东西必然是又厚又长的。因为没有厚度的话，这个东西就看不见了。所以有些读者认为，作者应该认同自己的同胞不仅有长度和宽度，还有厚度或者高度，虽然他们的厚度真的非常薄。这种质疑是很合理的，并且对于立体国人来说更是无可辩驳的。我承认，我第一次听到这个问题的时候也不知该如何回答。不过我的老朋友对此做出了回答，我认为他的答案足以回答这个问题。

当我向他转述这条质疑的时候，他说："我承认，我承认立体国评论家所说的真理是事实，但对于结论，我不敢苟同。诚然，在平面国中存在一个未被识别的第三维度，即'高度'，但立体国也同样存在未被识别的第四维度，目前还未找到合适的名字来称呼它，我就暂且叫它'超高度'吧。平面国人识别不出自己的'高度'，正如你们也无法识别自己的'超高度'一般。我曾到访过立体国，有幸在24小时的有限时间里理解了'高度'的含义。但即便是我，到现在也无法掌握，更无法通过视觉或任何推理方法来识别它。我只能凭借信念来理解它。

"原因很简单。维度意味着方向和测量，意味着长短多少。在平面国，所有直线的厚度或者高度都是一样的，虽然非常小。因此我们没办法凭借大脑感知到另一个维度。曾经有一位性情急躁的立体国评论家建议我们发明一个'精密的千分尺'，但即便再精密的测量仪器，对我们也毫无用处。因为我们不知道该测量什么，也不知道该往哪个方向测量。我们看到直线的时候，呈现在我们视线中的是又长又亮的东西。亮度和长度一样，都是构成线条所必需的。如果亮度消失了，线条就不见了。所以每当我告诉平面国的朋友，线条上还存在一个我们暂时无法识别的维度时，他们总会说'啊，你指的是"亮度"吧'。只要我回复'不，我指的就是"维度"'，他们就一定会反驳我'那你测量给我们看，或者告诉我们它的方向'。每当这时，我都只能沉默以对，因为这两者我都做不到。就在昨天，圆形阶级首领，也就是大祭司来巡查国家监狱的时候，也来看了我。这是他第七次见我，也是第七次他问我'我比之前好些了吗？'。我试图向他证明尽管他意识不到，但他是有'高度'的，就像他的长度和宽度一样。但他说什么呢？他说'你说我有"高度"。只要你能测量给我看，我就相信你。'那我能怎么办呢？我要怎么应对他的挑战呢？我无言以对，他又一次洋洋得意地离开了我的牢房。

"现在还觉得奇怪吗？设身处地想一想，如果有一个四维空间的人屈尊拜访你，告诉你'你睁开眼睛的时候看到了一个平面，这是个二维空间；而后你据此推断出一个立体，这是个三维空间。但实际上你是可以看到四维空间的，虽然你可能没有识别到，因为四维空间既不是颜色，也不是亮度，更不是其他类似的东西。不过我也没办法指出它的方位，你也无法对其进行测量。'如果你听到来访者说这样的话，你会说什么呢？难道不会想要把他关起来吗？呐，这就是我的命运。一个正方形因为揭示三维世界的奥秘被送入监狱，这对平面国人来说再正常不过了。就好比你们立体国人如果听到立方体宣讲四维世界的真理，也会选择把他关起来一样。哎，每个维度都有盲目的人类，这种特质堪称一脉相承，也不知迫害了多少人！点、线、正方形、立方体、超立方体……不论我们属于哪个群里，都容易犯下同样的错误，都是各自维度偏见下的奴仆，正如立体国一位诗人说的那样：

"人性相倾。"①

在这一点上，我觉得正方形的陈词无可挑剔。不过他对第二条道德层面质疑的回应，就没那么条理清晰、令人信服了。有声音质疑他，说他仇视女性。不少人旗帜鲜明地提出了这一质疑。毕竟依照立体国的自然法则，这些人占了立体国的大半人口。所以我也希望尽我所能，如实地帮他解释清楚，以消除这个误解。不过，我的正方形朋友对立体国的道德术语不大熟悉，所以如果我逐字照抄他的辩述，这对他是不公平的。

---

① 再版编辑注：作者希望我补充一点。有一些评论者对这件事有点误解，于是他增加了一些和球体的对话，还有一些相关的评论。之前他觉得这些评论过于冗长，没什么必要，所以在首版中将其省略了。

因此，作为替他解释和总结的人，我认为在七年的监禁中，他的观点也发生了改变，不管是对女性还是对底层等腰阶级的看法都出现了变化。就他个人而言，他现在倾向于接受球体的观点，认同直线线段在很多事情上都优于圆形。不过他在写这本书的时候，是从历史学家的角度出发的。所以他可能太过倚重平面国甚至是立体国历史学家普遍采用的观点。在这本书中，女性和普罗大众的命运鲜少被提及，也很少被纳入考虑，因为人们通常认为这没有价值。这种看法直到最近才发生了些许改变。

部分评论家认为他对圆形或贵族阶级有明显的偏好。所以他还希望借助下面这段话来否认这些评论家的看法，不过这段话可能有点晦涩。他客观评价，认为少数圆形阶层从智力方面来说，确实世代优于平面国的大多数人。他认为客观来看，平面国的种种足以表明屠杀并不总能成功镇压革命。自然法则判定圆形阶层难以孕育后代，这就已经注定他们最终会失败了。"于此，"他说，"我看到在所有世界中，伟大的自然法则得以应验。自作聪明的人类以为自己所做的事情顺应了自然法则，然而自然的智慧指向的却是另一件事，一件完全不同却更有益处的事情。"

至于其他，他恳请读者不要将平面国的日常与立体国的生活一一对应。不过整体而言，他希望他的作品能给那些温和谦逊的立体国人带来启发，也能够让他们感到有趣。在谈论一些颇为重要又无经验可考的事情时，也希望这些读者不要一边否认"这绝不可能"，一边又予以肯定"事情一定是这样，我们都知道的"。自负和武断，都是不可取的。

再版编辑写于1884年

目录

第一部分　　此方世界

第二部分　　他方世界

作者小传

第一
部分
PART.1
**此方
世界**

"此方世界辽阔宽广，请不要懊恼"①

---

① 原文"Be patient, for the world is broad and wide"，
自莎士比亚戏剧《罗密欧与朱丽叶》的第三幕第三场。

第一章

什么是平面国?

我将我们所处的这个世界称为"平面国"。我们平时不这么叫它。只是这么叫，能让你们这些读者更了解它的本质。你们能够快乐地生活在立体世界里，真是太幸运了。

假设你的面前有一张巨大的白纸，上面画着直线、三角形、正方形、五边形、六边形，还有各种形状。这些形状的位置并不固定，它们可以在白纸上或者白纸内自由移动，却不能上浮于白纸之上，也不能下沉至白纸以下。这些形状和影子很像，只不过它们有实体，边缘还会发光。有了这个画面后，你对我的国家和同胞们就有清楚的概念了。哎呀，这要是早个几年，我会称这张白纸为"我的宇宙"而不是"我的国家"，但现在我的思维变得更加广阔了，对事物也有了更深的见解。

只要你身处这个国家，马上就会发现这里没有任何东西是"立体"的。但我敢肯定，你会认为自己至少能够通过双眼认出这些移动的三角形、正方形和其他形状的物体。然而事实并非如此，我们无法用肉眼看出这些形状，至少看不出它们的区别。我们的目光所及之处只有直线。至于其他形状，我们看不见，也无法看见。我简单解释一下吧。

在你们的立体世界中找一张桌子，往中间放一枚硬币，俯身看它。你会发现这枚硬币是圆形的。

然后你回到桌子边上慢慢降低视平线，让你的视角更趋近于平面国居民的视角。你就会发现这枚硬币的形状变成了椭圆形，越来越扁。一旦你的视线和桌子边缘齐平，你的视角就和平面国的居民完全一样了。此时你会发现这枚硬币的形状不再是椭圆形，而是一条直线。

圆形如此，其他形状也如此。如果你用同样的视角变化来观察三角形、正方形，或是从纸板上裁剪下来的任意图形，也会发现同样的现象。当你的视线和桌子边缘齐平时，这个图形在你的眼中就不再是个图形，而是一条直线了。以等边三角形为例，它在平面国象征体面的商人。图1的三角形代表俯瞰视角下的商人。当你的视线下移或几近与桌子齐平时，你眼中的商人会呈现出图2和图3的样子。一旦你的视线和桌子完全齐平，你的视角就跟平面国居民一样，只能看到一条直线了。

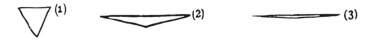

我在立体国游历的时候，听闻当地的水手也有着相似的经历。他们在穿越海域时，只能依稀分辨出远方绵延在海平面上的几处岛屿和海岸。远处的陆地可能是几处海湾、陆岬①，和一些凸起或凹陷，大小不一，数量各异。然而从远处看，却什么都看不出来。除非阳光足够强烈，能够透过光影投射照亮这些地方，否则就只能看到水面上划过长长的灰色线条，其余的什么也看不见。

如果在平面国，有一个三角形或其他形状的熟人朝我们走来，我们看到也是一条直线，和立体国水手看到的一样。因为平面国没有太阳，也没有能够投射出阴影的光线，所以我们看不到你们在立体国看到的景象。朋友走近我们时，他们的线条会拉长；反之，会缩短。不过无论是远是近，也无论朋友是三角形、正方形、五边形、六边形、圆形，抑或是其他什么形状，他们怎么看都是直线。

你可能会好奇，既然在平面国人的眼里只有线条，我们要

---

① 陆岬：又称"海岬"，指深入海中的尖形陆地。

如何区分自己的朋友呢？答案其实很简单，不过我把这个问题放一放，接下来先聊聊平面国的气候和房屋，等到描述居民的时候再来回答这个问题。

第二章

平面国的气候和房屋

和立体国一样,平面国也有东、西、南、北四个方向。

因为平面国没有太阳,也没有其他天体,所以我们不可能像你们一样通过恒星或行星来指南定北,但我们有自己的方法。根据平面国的自然法则,南方存在引力,会将人往南边引。虽然温和的气候会削弱这种引力,但影响不大。所以,身体康健的女性也能轻轻松松朝北走上个几弗隆①。不过,南方引力所产生的阻力,已经足够为平面国的大多地区指明方向

---

① 弗隆:长度单位,相当于约201米。

了。此外，我们这儿规律降雨，雨水通常自北方而来，也能帮助我们判断方向。在城里的时候，我们可以借助房屋来判断方向。房子的侧墙通常建立在南北两端，这样屋顶就能够遮挡来自北方的雨水。乡下地区虽然没有房屋，但我们还可以用树干做向导。总之，辨认方向其实没有想象中那么难。

然而在气候较为温和的地区，向南的引力微乎其微。有时我会走在衰草寒烟的平原上，没有房屋也没有树，于是不得不在原地待上数小时，直到雨水倾落，指引我继续前行的方向。相较于体魄强壮的男性，身体较弱和年龄较长的人更容易受到引力的影响，纤弱的女性尤为如此。如果你在街上遇到一名女子，将道路的北侧让给她，这能够体现你的教养。但要做到这一点并不容易，尤其在你身体健康或是遇到难以辨别南北的天气时更是如此。

我们的房子是没有窗户的，因为家里的光和屋外的光都是一样的，不因白昼和黑夜变化，也不受时间和位置影响。不过我们不知道光自何处来。很久以前，平面国的智识之士常常思考着一个有趣问题："光的起源是什么？"不少人想方设法寻找答案，却没有结果，反倒是纷纷进了疯人院落户。于是立法机关对光的研究施以重税，希望能够间接减少对光源的求索，但无果而终。最近，立法机关索性禁止了这一话题的探讨和研究。哎，平面国就我一人知道这个谜题的答案。我在立体国找到了光的来源和真相，但我的同胞都无法理解我的答案。他们只会嘲笑我，说我是疯子中的翘楚。话题扯得有点远。不说伤心事了，我们继续聊聊平面国的房屋。

　　平面国最常见的房屋通常有五条边，或者说五边形，如附图所示。北侧的RO面和OF面构成了屋顶，大部分没有门；东侧有一扇专供女性进出的小门；西侧的门供男性出入，要更大一些；南侧也就是地面，也通常没有门。

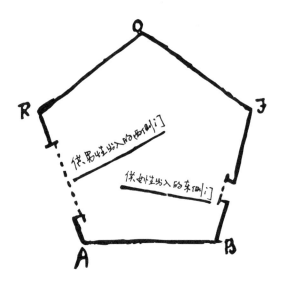

　　平面国不允许建造正方形或三角形的房子，因此，正方形房屋的角比五边形房屋的角尖得多，三角形房屋的角还要再尖一些。房屋一类无生命体的线条，也比男性和女性的线条暗得多。这很危险。如果过路人粗心大意或心不在焉，不小心撞上正方形或三角形房屋的屋角，很可能受到严重的伤害。早在11世纪，法律就普遍禁止了三角形房屋，防御工事、弹药库、军营和其他国有建筑则不在此列，因为国家并不希望公众随意接近这些地方。

那个时候，正方形房屋还是可以建造的，不过需要缴纳专项税费。但是，大约过了三个世纪，法律规定若城镇人口超过一万，则房屋的屋角不能少于五边形房屋的屋角，以保障公共安全。社会对此接受良好，予以立法机关很大的支持。如今，就连乡下地区也全都换成了五边形房屋。古文物研究者只有在一些偏远落后的农耕地区，才可能看到正方形的房屋。

第三章

平面国的居民

平面国成年居民的最大身高折算成立体国的计量长度，约为十二英寸[1]长的直线，一般不会超过十二英寸。

平面国的女性都用线段表示。

平面国的士兵和底层劳动人民是三角形，其中的两条边相等，边长约为十一英寸。他们的底边或者说另一条很短，通常不超过半英寸，顶角还尖得吓人。如果他们的底边缩到最短，不超过八分之一英寸，我们很难将他们与直线线段或者女性分

---

① 英寸：英制长度单位，1英寸等于2.54厘米。

开，所以他们的顶角会变得非常尖。我们对这种三角形的叫法和立体国一样，都是等腰三角形。接下来我就用这个名词来指代这一类人了。

平面国的中产阶级是等边三角形，也就是三条边都相等的三角形。

专业人士和绅士则是正方形和五边形，我自己就属于这个群体。

再然后是贵族阶级。贵族阶级内还有等级划分，地位最低的阶级是六边形，阶级越高，边长越多。有着多条边的贵族阶级将被授予"多边形"的头衔，这是很高的荣誉。当图形的边数多到数不清、边长短到看不见的时候，看起来就和圆形没有什么差别了。那这个人就步入了圆形圈层或神职阶级，享受平面国最高地位。

根据平面国的自然法则，所有男孩都比爸爸多一条边。这样的话，每一代人都能往上跨一个社会阶级，得到更好的发展。所以正方形的儿子是五边形，五边形的儿子是六边形，诸如此类。

但这一法则并不总适用于商人，遑论士兵和劳动人民。实际上，在平面国内，我们几乎将他们排除在人类这个族群之外，因为他们并不是每一条边都相等的，那自然法则在他们那儿就不成立了。等腰三角形，也就是两条边相等的三角形，不管怎么传承，他们的后代都依然是等腰三角形。然而，即便对等腰三角形而言，也并非全然没有突破阶级的希望。人们发

Acute Triangle

Equilateral Triangle

Square

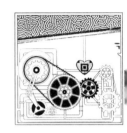

士兵和底层民众　　　中产阶级

Women

专家和绅士

平面国女性

Nobility

Circular or Priest

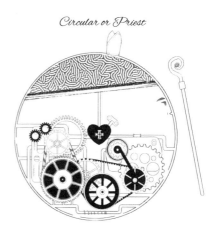

贵族阶级

圆形圈层或神职阶级

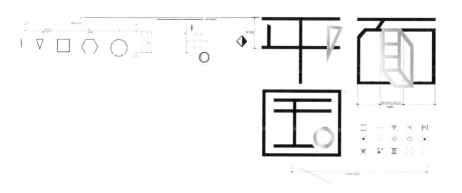

现，在劳动人民和士兵阶级中智识更为突出的人，他们的第三条边或底边会稍微变长一些，另外两条边则会相应缩短，比如经常打胜仗的士兵或者勤奋能干的劳动人民。对于这些在底层人民中智商和能力较为突出的人，神职阶级会安排他们的子女相互通婚，所以他们的后代会越来越趋近等边三角形。

不过，只看等腰三角形的庞大出生人口便能发现，等腰三角形很难孕育出纯正的等边三角形后代。立体国的评论家可能会发出疑问："为什么需要证明血统纯正呢？能够孕育出正方形的后代难道不就是自然法则的证明吗？这足以说明正方形的父亲每一条边都相等。"如果让我来回答这个问题，我想说平面国的女性都不会嫁给血统不纯正的三角形，不管她们的地位是高是低。有一些正方形的父亲是轻微不规则的三角形，不过这种基因到第三代通常就会显露出来，要么无法跻身五边形阶级，要么退回三角形，几乎无一例外。有了这种对亲长基因的要求，对婚姻对象的选择就变得尤为重要了。同时，未来联姻家庭的等边亲长也需要长期秉持节俭和自控，还需要代代传承，耐心、系统、持续地发展等腰三角形的智力。

若等腰三角形父母①能孕育出血统纯正的等边三角形，方圆几弗隆内的人家都会为此欢欣鼓舞。卫生和社会保障部门会进行严格检查，如果婴儿确实血统纯正，就会举行庄严的仪式将其纳入等边阶级。这对等腰三角形父母对此感到又骄傲又悲

---

① 此处的等腰三角形父母，是指父亲为等腰三角形，因为母亲毫无疑问只能是线段。

伤，因为这个婴儿不得不即刻和父母分离，被某个无子的等边家庭收养。人们担心这个新跻身等边阶级的孩子会无意识地模仿生身家庭，从而再次退回生身家庭的社会阶级。所以收养家庭需要立誓，表示从今往后再也不允许这个孩子回到生身父母的家庭，也不可以看望生身家庭的亲戚。

偶尔，农奴阶层也能孕育出等边阶级的孩子。贫苦的农奴阶级人民对此乐见其成，因为他们得以借此在单调、脏乱的环境中撕开一小道口子，流入一丝光亮和希望。贵族阶级对此也乐见其成。贵族阶级甚少纡尊稀释自己的特权，但他们心里都很清楚，尽管农奴阶级很难得孕育出等边阶级，偶尔一两个特例却是抑制底层爆发革命的最佳武器。

如果这些顶角尖尖的底层人民全都没有希望也没有野心，他们很容易煽动性革命活动，然后在一些活动中找个领头人，很可能凭借庞大的人数和集体力量，武力压制圆形阶层的智慧。但有一条明智的自然法则，规定劳动人民阶级的智识、知识和美德的增长，要与他们顶角的钝化挂钩。因为尖细的顶角让他们的身体变得很可怕，所以要参照等边三角形，钝化成相对无害的角，因此，这些野蛮又令人生畏的士兵阶级的智识水平，几乎和女性一样匮乏。人们发现，士兵若要提升心智，顶角的穿透力会被削弱，反之亦然。

这个偿付法则堪称精妙绝伦！这简直就是自然法则合宜合理的绝佳证明，我甚至可以说这是平面国各州贵族阶级构成的神圣起源！倘若自然法则能够应用得宜，多边形和圆形只需充分利用人类无法抑制的蓬勃希望，几乎就能将底层人民的反叛扼杀在摇篮中。艺术也是法律和秩序的有力支撑。一些反叛联盟领头人智慧过人。通常，平面国的医生只消些许利用人为手段，做手术压缩或延长这些人的边长，让他们变成规则图形，就有可能招安他们，立即将他们纳入特权阶级。大多数人还达不到被招安的标准，他们憧憬着自己能够跃入贵族阶级，所以政府会游说他们，诱惑他们进入国家医院，在那儿体面地囚禁完一生。只有一两个底层人民执拗、愚蠢，边长还参差不齐，他们最终都被处死了。

于是这些可怜的等腰阶级底层人民就会变得群龙无首，也没人为他们制定计划。圆形阶级首领派了一些人来应付此类紧急情况，底层人民要么被这些人吓得毫无抵抗能力，要么在圆形阶级游刃有余的煽动下，被挑起了嫉妒心和猜忌，彼此间相互斗争，被对方的尖角夺去性命。后者更为常见一些。在我们的编年史中，记载了120多次叛乱，还有235次小规模动乱。这些事件的结局都和我刚才描述的一样，被镇压平息了。

第四章

平面国的女性

如果说平面国士兵的超级尖角让人觉得害怕，那么平面国的女性就更可怕了。将士兵比作楔子的话，那么女性就是针。可以说是非常尖锐了，至少左右两端是这样的。再加上女性可以随时让自己隐形于人群中，你应该就能发现平面国的女性实在令人无法怠慢。

但可能有一些年轻的读者会发出疑问：平面国的女性是如何隐形的？我觉得这个问题显而易见，无须赘述。不过即便要解释，寥寥几句话便能说清楚了。

还是一样，先找一张桌子，在上面放一根针。随后下移视线，和桌面齐平后观察针的侧面，就能看到它有多长。但当你观察它的端点时，你只能看到一个小点，这会儿这根针就已经隐身了。平面国任何一位女性都是这么隐形的。如果女性侧对我们，那我们能看到一条直线线段。当她正对我们时，我们的视线所及便只有一个亮晶晶的小点。正对我们的时候，她的眼睛或嘴巴也是朝向我们的。对于平面国的人来说，这两个器官并无甚差别。但当女性背对我们时，由于背面那个点的光线较暗，甚至可以说像无生命体一样暗淡，这个端点就能把女性隐藏起来。

我这么一说，就算立体国中最不聪明的人也能够理解平面国的女性有多危险了吧！即便中产阶级的三角形再受人尊敬，他们的角也是存在风险的，不小心撞上劳动人民的话，他们的角可能会在你身上撕出一道伤口；和军官相撞会造成重伤；和普通军人的尖角轻轻碰一下可能会造成死亡。那么撞上女性呢？除了顷刻间灰飞烟灭也无其他了。当女性隐形或者只显示一个光线暗淡的小点时，其他人就要时刻警惕以防碰撞了，哪怕素日里再谨慎小心的人也要如此，这真的太难了。

平面国的不同州在不同时间里制定了不少法令来降低这种风险。在南方和气温较为温和的地区，地心引力强一

女性

些，人们在这些地方总会不自觉地随意走动。这些地区涉及女性的法律也自然要严格得多。我简单摘了几条，看完应该就能对平面国的法规有个大概了解：

其一，每栋房屋都需要在东面开一个出入口，仅供女性进出；女性进入房屋时应"优雅、得体"地从东门进入，禁止从男性专用门或西侧的门进入。（在立体国的时候，我发现立体国的一些神职阶级也用采用了类似的方式。他们为村民、农民和董事会管理校的教师单独开了个进出口。这样，这些人就可以"优雅、得体"地出入了。）（请参阅：《观察者》，1884年9月刊，1255页。）

其二，所有女性在公共场合活动时，必须持续发出善意的声音，违者处以死刑。

其三，若有女性确诊患有圣维特斯舞蹈症①、痉挛、伴有剧烈喷嚏的慢性感冒，或任何会引发不自主运动的疾病，应立即处死。

平面国的一些州还额外立法，要求女性在公共场合行走或站立时，需不断左右移动背部，让身后的人看到她们的存在，违者将处以死刑。还有一些州要求女性出行的时候，身边至少有一人跟随，儿子、仆从、丈夫皆可。还有一些州完全不允许女性外出家门，宗教节日期间除外。但最富有智慧的圆形阶级或政治家们已经发现，对女性越来越多的限制不仅会削弱种

---

① 圣维特斯舞蹈症：欧洲中世纪后半叶一种神经失调性疾病，患者会不停地唱歌、跳跃、舞蹈、痉挛。

族，还会提高家庭谋杀案件的犯罪率。这样看来，对女性施加种种限制的举措弊大于利。

因为女性要么被要求不得外出，要么在外受到种种限制，这很容易激怒她们，从而向丈夫和孩子宣泄自己的怒气。在一些气候比较凉爽的地方，女性很可能同时爆发，在一两个小时内将全村男性屠杀殆尽。因此，我之前提到的三条法规对管理比较好的州来说已经够用了，借此也可以粗略地了解一下平面国涉及女性的法规是什么样的。

毕竟，相较于立法机构，女性的自身利益才是决定我们安危的关键。毕竟她们只要倒着走就能瞬间致人死亡，除非她们在撞上人的瞬间立刻将自己尖尖的端点从受害者身上挣脱出来，否则她们自己脆弱的躯壳也可能变得粉碎。

社会风气本身也给了我们很大的帮助。我之前说过，在一些教化程度较低的州里，女性在公共场合必须左右晃动后背。但在治理得当的州里，左右摇动后背这种做法常见于那些自诩得体有教养的女性。论其历史，更是能追溯到人类的早期发展阶段。明明是习以为常的道德规范，却需要依靠立法来强制执行，这在不少州看来都是耻辱，显然每一位得体尊崇的女性都能做到。

我想说的是，圆形阶层的女性在晃动背部时富有韵律，且晃动幅度也很得宜。而普通等边阶级的女性除了像钟摆一样单调摆动之外，什么也不会，因此她们很是羡慕，模仿起了圆形阶层女性的节奏和韵律。一些等腰家庭的妻子积极进取，她们也很羡慕等边阶级女性的单调摆动，因此也同样会模仿等边阶级女性的晃动。因为这些妻子所在的家庭中还没有培养出"背部晃动"的意识。在这样的社会风气下，任何一个有地位，受尊重的家庭都会把"背部晃动"视作一件天经地义、亘古不变的事情，其存在就像时间一样普遍。这些家庭的丈夫和儿子至少不必担心会受到隐形妻子或隐形母亲的伤害。

当然，以上这些情况并不是说明我们平面国的女性缺乏感情。但不幸之处在于，脆弱的女性可能受到瞬间情绪的影响而不计后果。当然，女性的形态构成对她们很不利，这是主要原因。因为她们在各种角面前毫无优势，从这个角度来看甚至还不如等腰阶级的最底层人民。因此女性完全没有智慧、没有思考、没有判断、没有远见，更是很难形成记忆。也因为如此，女性生气的时候根本就记不住任何责任，也不分是非。我听过一个案件。一位女性怒气攻心，将全家人屠杀殆尽。半小时后她消气了，却什么都不记得了，甚至还问起了自己的丈夫和孩子，关心他们情况如何。

显然，只要女性可以转身，我们就不该激怒她们。不过，只要女性在自己的房间里，你就可以想说就说、想做就做了。这些房子本就是为了剥夺她们转身的权利而建造的。因为只要女性一进入自己的房间，她们就伤不到你了，尽管她们可能还叫嚣着要置你于死地。然而几分钟后她们也就忘了，更不会记得你为了平息她们怒火而做出的承诺。

总的来说，平面国内部的家庭关系还算和谐，除了士兵阶级中的较底层。因为底层士兵家庭的丈夫智慧不多，也不是太谨慎，有时会造成可怕的灾难。这些人行事鲁莽，过于依赖自己的尖角，把尖角当作攻击武器，而不是依靠良好的判断力和适时的伪装进行防御。他们还总是无视女性房间的建筑依据，或是在家外口不择言，激怒妻子，还拒不认错。他们对文字的感觉也很迟钝，所以没办法像那些明智的圆形阶层一样用华而不实的承诺瞬间安抚自己的妻子，结果当然是惨遭杀害。不过此类事件也并非全然没有优点，因为它们能够消灭那些野蛮、爱惹事的等腰阶层。在很多圆形阶层眼里，这些顶角尖尖、身材瘦削的人很有破坏性，可以当作压制过剩人口、扼杀革命萌芽的绝妙工具。

不过，我不认为平面国家庭的生活可与立体国比肩。即便是行事最规矩、最近似圆形的贵族家庭也如此。这些家庭是和睦的，反正只要没有杀戮就可以称为和睦，不过如果谈到品位和追求的话就不一定了。圆形阶层行事聪慧、小心谨慎，他们选择用家庭舒适换取生命安全。圆形家庭或五边形家庭自古以来就有一种习惯，也就是母亲和女儿应该一直正对丈夫或男性友人，让对方能看到自己的眼睛和嘴。而如果贵族女性背对丈夫，这种行为有失身份，会带来不幸。这种习惯现在已经成为上流阶层女性的本能。不过我很快就会讲到，虽然这种做法很安全，但也有缺点。

在劳动阶级或较受尊敬的商人家里，妻子在操持家务的时候可以背对自己的丈夫。在这期间丈夫看不到妻子，也听不清妻子说什么，虽然还是能听到妻子善意的声音，嗡嗡的，但至少能获得短暂的静谧。但在上层阶级的家中，鲜少有这样的安宁，丈夫不得不成日面对滔滔不绝的嘴和炯炯有神的眼。女性说起话来口若悬河，目光灼灼。处事老练的男性尚可游刃有余地躲过女性的刺，却不足以堵住女性的嘴。因为女性通常言之无物，也没有什么智慧、理智或良心来阻止她继续开口。所以有一些愤世嫉俗的人声称，他们宁愿冒着被女性背刺杀害的危险，也不愿为了安全直面女性喋喋不休的嘴。

立体国的读者可能会觉得平面国女性的处境很糟糕，事实也是如此。等腰阶级底层男性可能有希望通过钝化自己的角度，最终提升自己卑微的社会阶层。但是没有女性会抱有这样的奢望。"一日为女性，终身为女性"，这是自然规则。就连进化法则也未曾显露出一丝对女性的偏爱。不过，自然法则的一些规定还是很明智的。比如既然女性没有希望，那她们也没什么过往值得回忆，也没什么未来值得期待，痛苦和屈辱是她们存世的必要条件，也是平面国宪法的基础。

第五章

平面国人如何辨认彼此

　　你们立体国的人能够感受光明，也能看到阴影。你们有两只眼睛，对立体事物有概念。你们能够理解透视，还能够沉浸在缤纷色彩的世界中徜徉。你们可以看到角度真实的样子，可以在快乐的三维世界里思考一个真正的圆形周长几何。我要怎么向你解释我们在平面国中是如何辨认彼此的呢？又要如何向你描述其中的重重困难？

　　正如我之前说过的，平面国所有的事物，无论是生命体或非生命体，无论形态如何，在我们看来都是一样的，或者几乎一样，也就是一条直线。在看起来无甚差别的情况下，我们要如何辨认出彼此呢?

我们有三种方法。第一种辨认方法是通过听觉识别。我们的听觉系统比立体国人更为敏锐。我们不仅能够辨认出自己的朋友,还能听出他们各自属于什么阶级。至少其中较低的等边阶级、正方形阶级和五边形阶级是很好辨认的。至于等腰阶级?他们不值一提。我们的社会阶级越高,就越难通过听声音辨别他人,自己也很难被他人辨识出来。部分原因是阶级越高,声音就越趋同,也有部分原因是平民的声音识别能力比贵族阶级更发达,这是平民的优势。无论在哪里,只要欺骗存在一天,我们就不能相信这种方法。平面国底层阶级的发声器官比听觉器官更为发达,所以等腰阶级可以轻松模仿多边形的声音。接受一定训练,他们还能模仿圆形阶级的声音。所以第二种方法更为常见。

"触碰"是女性和底层阶级首选的辨认方式,用来识别陌生人。不过他们主要用这个方法来辨认对方的阶级,而不是个体。我很快也会聊到上层阶级的辨认方式是什么。正如立体国上层阶级见面时的相互"介绍"一般,平面国用的方法是"触碰"。"请允许我邀请您感受一下我朋友某某的触感,也请您允许我朋友某某感受一下您的触感。"这类老派的对话时不时还可以在远离城镇的乡绅身上见到,这是平面国介绍彼此的传统的方式。但城镇中的商人选择忽视后半句,简化成了"诚邀您感受一下某某人的触感"。当然,我们默认"触碰"是相互的。另一些更时髦也更有风度的年轻人非常不喜欢将简单的事情复杂化，也不在意母语是否纯正，他们甚至会进一步削减句子。因为他们觉得"触碰"听起来像是个专业术语，也就是"为了触碰别人和被别人触碰而介绍彼此"。于是，上流社会彬彬有礼或注重效率的绅士，在彼此间用起了"黑话"，比如："史密斯先生，我可以摸摸琼斯先生吗？"非常野蛮。

我希望读者不会误会，觉得平面国的触碰跟立体国似的，十分乏味。我也不希望读者认为我们在确定对方所属阶级之前，需要将对方从上至下、前前后后地触碰一遍。我们在学龄时期就接受过这种训练了，日常生活中也多有实践，所以我们只要一触碰对方就能够立刻分辨出等边三角形、正方形和五边形的角度。无须赘言锐角等腰阶级那愚蠢的顶角了，哪怕感觉再迟钝，也不会判断错。所以，我们只需要摸对方的一个角就可以。一旦确定其中一个角，我们就能够知道对方的社会阶级如何，除非对方是顶层贵族。顶层贵族没那么容易辨认。即便是平面国箭桥大学①的文学硕士也会将十边形和十二边形搞混。在箭桥大学这样的知名学府，也几乎没有理科博士能瞬间区分二十边形和二十四边形贵族成员。

如果读者还记得我关于女性法律的摘选，应该很容易就能意识到通过肢体触碰的介绍需要小心谨慎。否则一旦不小心，触碰者就会受到角度的伤害，造成无法弥补的损伤。出

---

① 箭桥大学，影射现实生活中的英国剑桥大学（University of Cambridge）。

于触碰者的安全考量，被触碰者应该保持静止不动。人们很早就知道，一次不经意间的惊吓、一下烦躁不安的移动，对粗心大意的人而言都是致命的。是的，你没看错。哪怕是一个猛烈的喷嚏也会造成致命后果，很多本可长期发展的友谊也因此而葬送。这在三角形下层阶层中尤为常见。因为他们的眼睛离顶角很远，所以他们很难感受到躯体最末段发生了什么。再加上他们肤质粗糙，对多边形温和细腻的触碰很不敏感。也难怪，他们不经意的摇头就能带走一条平面国上流阶层的生命！

我的祖父很厉害。他不幸出身于等腰阶级，但他的不规则边长非常不明显。他死后不久，卫生和社会保障部门的七个人中，有四个人投票支持将他升入等边阶级。他谈到这一类不幸事件的时候总是强烈谴责，眼含泪水，眼神很是脆弱。他的曾曾曾祖父是个体面的劳动人民。这个劳动人民的顶角，也就是大脑的角度是59度30分。据祖父的描述，我那曾曾曾曾祖父非常不幸，患有风湿病，有一次被多边形触碰的时候突然一惊，不小心将这个贵族阶层刺了个对穿。他也因此服刑了很长一段时间，社会阶级也遭了打压。彼时，整个社会对曾曾曾曾祖父的整个家族表达了强烈的道德谴责，使我们家族的角度缩小了1.5度。所以随后一代人的顶角角度就成了58度，直到五代以后，我们才得以弥补损失，达到完整的60度角，终于实现了从等腰阶级向等边阶级的跨越。这一系列灾难事件，都源于一个小小的意外。

贵族阶层不小心被祖父刺了个对穿

讲到这里，我觉得部分受过良好教育的读者可能会惊呼："你在平面国是如何知道角、角度和角分的呢？我们能透过肉眼看到角，是因为我们在立体世界里可以看到两条直线的相交。但你们一次只能看到一条直线，或者只能看到一条直线上的几条线段，那你们怎么能辨认出角呢？更别说还能计算角度了。"

我们虽然不能通过肉眼辨认角度，但我们可以进行推断，结果还很精确。我们的触觉需要刺激，在长期训练后得以发展，所以我们可以在没有角度标尺或度量器的情况下辨认角度，辨认结果比你们通过视觉识别法辨认出来的角度要精确得多。再补充一点，我们受到了很多来自自然法则的帮助。根据我们的自然法则，等腰阶级的大脑始于0.5度或30分，随后的每一代人，但凡角度有所增加，增幅都是0.5度。直到增至60度，就可以摆脱底层阶级的束缚，进入等边阶级了。

所以说我们有天然的助力，也就是从0.5到60度的上升刻度量具，或角度字母表，平面国每一所小学都有这样的标本。有一些人会出现阶级倒退，大部分人的道德和智力发展时常出现停滞，加上犯罪阶级和流浪汉的繁衍力旺盛，所以0.5或1度的人口过剩，10度以下的人也非常多。当然，这些人无法享有任何公民权利。他们中许多人的智力甚至都不足以参战，所以国家将他们投入教育行业的服务中。为了消除他们的危险，他们被国家安置在了幼儿园的教室里，紧紧绑着，动弹不得。教育部门将他们当成样本，向中产阶级的后代传授知识和技能，然而这些可怜的家伙本身却没有这些知识和技能。

在一些州，人们偶尔投喂这些样本，让他们活上个几年。但是在气候较为温和、法制管理也更健全的地方，人们认为如果停止投喂这些样本，会对年青一代的教育产生更加长远的利好。于是他们选择每个月更新一次样本。这些样本几乎吃不上什么食物，所以犯罪阶级的平均寿命也就这么长。在廉价一些的学校中，样本能活得长一些，但学校遭受的损失要更大一些。部分归咎于食物的花销，部分原因是样本在几个星期的"触碰"后，角度的准确性会下降。月度更新标本的费用要高昂一些，谈及此时，别忘了这种制度还有另一重利好。这种方法有助于削减过剩的等腰人口，虽然力度不大，但或多或少有点效果。平面国每一个政客都时不时想着削减等腰人口。所以总的来说，很多民意投票选出来的学校董事会，都偏好所谓的"廉价制度"。不过我觉得月度更新标本的投入产出比要更高一些。

不能让校董会的政治问题带偏我们的主题。我觉得我说得差不多了，至少能够说明通过触碰来辨认彼此并非如想象一般乏味、纠结。这个方法比听觉识别更可靠。虽然就如我说的一样，这种方法依然存在风险，所以还是有反对意见。也因此，很多中下层阶级的人，还有多边形和圆形阶层的人都更喜欢第三种方法。我会在下一章展开描述。

第六章
平面国人的视觉辨认

　　这一章的内容可能会推翻我之前说过的话。在前面的章节中，我说过平面国的图形呈现出来的样子都是直线，明里暗里强调用视觉器官区分各人所属阶级是不可能的事。有一些平面国的读者可能会对此产生异议，接下来我会介绍我们如何用视觉辨认彼此。

　　之前的文章提及触觉辨认法在平面国很常见。如果读者愿意费心翻翻前面几章，应该能够发现我对触觉辨认法做了限定，即，仅限于"下层阶级"。视觉辨认法只存在于上层阶级和较温暖的地区。

雾气存在于在任何地区和任何阶级。一年的大部分时间里，除了热带地区，到处都有雾气。你们立体国人很不喜欢雾气，觉得雾气会遮蔽风景、压抑精神，也会影响健康。但对我们而言，雾气是堪比空气的福祉。雾气更是能够为艺术遮风挡雨，为科学保驾护航。雾气对我们确实大有裨益，但好话不多说，我来解释一下吧。

如果没有雾气，那么所有的线条看起来都会变得同样清晰，难以分辨。有一些乡下地区的情况正是如此。那里的大气非常干燥、清亮澄澈，但这其实并不是什么开心事儿。但只要雾气大量积聚，就能看出距离的区别。比如三英尺①外的地方就比两英尺十一英寸远的地方要暗得多。这样我们就可以通过对相对明暗度和清晰度，不断开展细致的实验观察，精确推断出所观察事物的结构。

我举个例子吧，能说得更清楚一些。

假设我看到两个人向我走来，我想知道他们各自属于什么阶级。再假设这俩人一个是商人、一个是医生，或者换句话说，一个是等边三角形，一个是五边形，我要如何区分他们呢？

---

① 英尺：英制长度单位，1英尺等于30.48厘米。

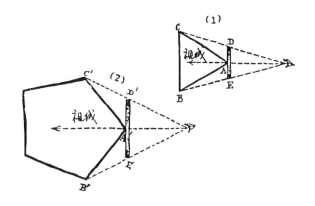

　　这两个向我走来的人和我之间形成了一个角度，即图中的角A。立体国每个初学几何的孩子都知道，如果我的视线能够平分角A，我的视线就能够均匀地落在两侧，即线段CA和线段AB。这样一来，我看这两个人的时候就可以不偏不倚，他们在我眼里的大小就是一样的。

　　假设（1）是商人，那我看到的是什么呢？我会看到线段DAE，中点A离我最近所以它非常亮。但这条线段的两侧很快就会变得模糊，因为线段AC和线段AB很快就会消失在雾气中。这样一来，商人的端点，也就是D和E，就会变得非常模糊了。

　　假设（2）是医生。虽然从我的视线看出去也有线段DAE，中点依然为A，非常明亮。但线段AC和AB模糊的速度会慢一些，因为它们不会那么快就消失在雾气中。所以医生的端点D和E，看起来就不会像商人那样模糊。

　　平面国接受过良好教育的阶层，在经过长期训练和经验补足后，如何能够较为精确地通过视觉区分中低层阶级呢？看完这两个例子，读者应该能够有所了解。如果立体国的读者能够理解这个基本概念，能够理解视觉辨认的可能性，也不会认为我在胡言乱语，那我就达到预期了。我期待的也就这么多。讲太细的话反而容易混淆概念。年轻一辈或者涉世未深的读者看了我给出的两个简单例子，应该就能知道我是如何辨认我的父亲和儿子的。但也可能得出结论，认为视觉辨认其实挺简单的。或许我有必要说明一点，在现实生活中，视觉辨认带来的大多数问题更加微妙，也更加复杂。

　　我的父亲是个三角形。他走近我的时候，正对我的有时是他的边，而不是他的角。那么除非我请他转一圈，或者我绕着他转一圈，不然当下我可能会猜想他是不是一条直线线段，也就是女性。我有两个六边形的孙子。如下方附图所示，如果我的孙子用他的AB边正对着我，那我看到的应该是一条完整的线段AB。线段AB相对明亮，两端几乎没有阴影。线段CA和BD短一些，非常暗淡，而且越靠近肢体C和D就显得越暗。

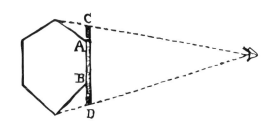

　　我稍微控制一下，就展开这么多。我十分肯定，此类生活

问题对智识阶层的角度来说也必然是种考验。假设他们参加了一个舞会或者座谈会，就需要在旋转、前进或后退的同时，试着通过视觉辨认出朝不同方向移动着的贵族多边形。我相信即便是立体国中最善辩驳的数学家，也会被我说服，赞同视觉识别法真的很困难。这项任务对于最聪明的平面国居民而言，也是种挑战。这也变相证明箭桥大学的几何学教授富有学识又身怀天赋，不管是静态几何还是动态几何皆擅长。箭桥大学还定期面向精英阶层开设"视觉辨认的科学与艺术"这门课。

在平面国中，只有顶级贵族世家的后裔才付得起时间和金钱，来全面发展视觉辨认这门高贵且有价值的艺术。我是一个数学家，建树不错，还有两个有着光明坦途的六边形孙子，他们的形状极其规则。不过，当我置身于一群旋转的贵族多边形中时，就连我有时也会感到非常困惑。当然，对于普通商人或农奴而言，他们几乎无法理解这种视觉场景，就好比立体国人第一次来到平面国所感受的一样。

跻身于人群中，你只能看到围绕在身旁的都是直线，但直线上的每个部分会不停地发生不规则变化，时而明亮，时而暗淡。即便你属于五边形或者六边形阶级，在大学完成了第三年学习，理论知识非常丰富，你也依然需要积攒多年经验，才能在人群走得体优雅地行走，以免撞到更高阶级的人。因为这些人非常不喜欢"触碰"，这在他们看来是很无礼的举动。并且出于他们自身阶级优越的文化和血统，他们知道下沉阶级的所有动线，而下层阶级对他们却知之甚少，甚至一无所知。总之，如果希望自己能够在多边形社会中举止得体、如鱼得水，那就要先努力让自己成为多边形。这是我从以往经验中总结出来的教训。

一些人不喜欢"触碰"，于是他们大量练习视觉辨认，将这一门艺术发展到了令人称奇的高度。这都快成为他们的本能了。就好比立体国的聋哑人，他们一旦开始使用手语和手写字来沟通，就很难掌握难度更高但更有用的唇语了。这两者就好比平面国的"视觉"和"触碰"，如果一个人在幼年的时候学会了"触碰"，那这个人这辈子都很难掌握好"视觉"辨认。

因此，平面国上层社会不鼓励"触碰"，有些地方甚至完全禁止这种方法。上层社会的孩子还在襁褓中，就会被送入仅向上层阶级开放的高等学校，绝对不会去教授学生如何触碰的公立小学读书。在平面国的知名高校中，"触碰"属于严重违规。第一次违规的人会被停学，第二次违规的人会被开除学籍。

不过在下层阶级看来，视觉辨认太奢侈了，遥不可及。普通商人根本无力支撑学费，让儿子花费三分之一的人生学习这么抽象的方法。因此，穷人的孩子自幼年起就开始"触碰"了，这样他们就能早早当家，看起来也充满活力。彼时多边形阶级的同龄人看起来还呆呆傻傻，无精打采的，两者形成了鲜明的对比。但后者一旦完成大学教育，很快就能够将所学理论应用于实践中。这个时候发生在他们身上的变化堪比新生。在各个艺术、科学和社会事业中，他们很快便能将三角阶层的竞争对手远远甩在身后。

多边形阶级也可能无法通过大学的期末考或者毕业考试，不过这种人是少数。这些人的处境会变得很艰难。他们遭上层社会排斥，被下层社会鄙视。他们不像多边形阶层的学士和硕士一样具备成熟的能力，也没有经过系统训练；也不像年轻商人一样早早当家，八面玲珑。大部分体面的职业和公共服务行业与他们就此无缘。尽管在大多州，这些人还是可以结婚，但他们很难找到合适的伴侣。因为有很多案例表明，父母如果位卑权弱或天资不佳，他们的后代通常也会遗传这种基因，当然了，歹笋也可能出好竹。

历代动乱和暴动的领袖，一般都是出身于这些上层阶级的失败者，能够产生巨大的危害。于是，越来越多的进步派政治家认为，完全消灭这类人才是真正的仁慈。他们建议可以通过立法，规定未通过大学期末考试的人，要么终身监禁，要么无痛处死。

我发现我又把话题带偏了，开始说起了不规则图形。这个问题很重要，值得单开一章具体描述。

第七章
平面国的不规则图形

　　前面的几个章节中，我假定每个平面国人都是规则图形，意思是每一个图形的结构都是规则的。或许我一开始就应该明确这一点。更详细点说，女性不应只是一条线，而是一条直线；工人或士兵的其中两条边必须是相等的；商人则应该有三条等边；律师的阶级和我一样都有四条边，那这四条边也应该相等，同时，多边形的每一条边也都应该是相等的。

　　当然，单边长短与年龄成正比。女性出生时约为一英寸长，高挑的成年女性可能超过一英尺长。至于不同阶级的男性，成年男性的边长总和约为两英尺或更长一些。但边长并不是我们讨论的重点，我要讲的是每一条边是否一样长。其实不难看出，平面国整体的社会生活立足于这样的事实：自然法则平面国每个人的边长都是相等的。

如果边长不相等，那我们的角也可能不相等。单凭一个角来判断对方的形态是不够的，不管是触碰还是视觉都不行，必须要触碰每一个角才可以。但生命短暂，我们没办法这么做。视觉辨认法对不规则图形作用不大，触碰法也是如此。长此以往，人与人之间的交往将会变得危险四溢，困难重重。彼此间不再有信任，也很难再预判对方的形态，即便是最简单的社交活动也变得不安全了起来。总之，文明社会将会跌回粗鄙蛮荒的时代。

我是不是说得太快了？希望读者能够跟得上我的节奏，理解这些显而易见的结论。当然，只要稍加思考，再结合日常中的例子，大家就会理解平面国的社会体系是基于角度的规则性或相等性而运行的。比如你在街上遇到三两个商人，你马上就能够通过他们的角度和迅速变暗的边，认出他们是商人，而后你邀请他们到你家共进午餐。你敢这么做，是因为大家都认为成年三角形占据的面积也就一到两平方英寸。但你不妨想象一下：虽然这个商人的顶角是规则的形状，可他身后却拖着一个对角线为十二到十三英寸的平行四边形，这个庞然大物可能会牢牢地卡在你的门框上，届时你要怎么办呢？

但我讲得这么细又好像在侮辱读者的智商，因为我说的这些对立体国人来说应该是很简单的。你们能够生活在这样的地方真是太棒了。显然，在这种可怕的情况下，单单测量一个角是远远不够的。平面国人的一生都浪费在了触碰熟人和观察熟人这两件事上了。即便是受过良好教育的正方形，也需要绞尽脑汁才能够避免在人群中发生碰撞。但如果所有人都无法判断出别人的形状是否规则，这将很容易引起混乱。如果和女性或士兵发生碰撞，哪怕再轻微的恐慌也会造成严重的伤害，甚至会造成很大的伤亡。

所以自然法则也想出了权宜之计，给等边和等角这类规则图形盖上了官方印章以示认可，法律也对此出台了相关规定。"图形不规则"对我们而言无异于道德不当和犯罪行为的结合，甚至更严重。处罚力度也参照这个标准执行。诚然，也有许多平面国的人喜欢抬杠，声称几何不规则和道德不规范二者之间没有必然联系。他们说："图形不规则的人自出生起就被父母嫌弃、被兄弟姐妹嘲笑、被家庭忽视，还被社会鄙夷怀疑。所有一切事关责任、信任和效用的岗位都将他们排除在外。他们的一举一动都要受到警察密不透风的监视，成年后还要接受身体检查。如果他们的不规则程度出现偏差，要么被处死，要么被禁锢在政府办公部门，做一个第七级小职员。他们不能结婚，被迫做一份自己不喜欢的苦力工，工资又很低。他们只能吃住在办公室里，就连休假的时候也有人时刻监督。难怪就连最善良、最纯净的人性，也会被这种环境腐蚀，变得扭曲！"

哪怕这些说辞听起来再合乎情理，也说服不了聪明的政治家，同样说服不了我。我们的祖先早就提出了一个真理，言明容忍不规则，是对国家安全的冒犯。毫无疑问，不规则图形的生活是艰难的；但为了大多数人的利益，他们的生活只能是艰难的。如果一个人的正面是个三角形、背面是个多边形，还繁衍出了更加不规则的后代，生活会变成什么样呢？平面国的房屋、门和教堂要为了容纳这些怪物而改变吗？剧场或演讲厅的验票员需要在观众进场前测量每个人的形状吗？不规则图形可以免于参加士兵组织吗？如果不可以，那要如何防止他们伤害战友呢？我再强调一次，这种人一定抗拒不了欺骗的诱惑。只消将多边形的那一面往前放，走进商店，就可以从信任他们的商人那儿订购各种各样的商品。不管那些伪善者如何奔走呼吁，提倡国家废除《不规则图形刑法》，反正就我个人而言，我还没有见过哪一个不规则图形能够抹除自然赋予他的天性。这些人都是伪君子，是厌世者，是尽其所能作恶多端的人。

当然，这并不代表我赞成一些州采取的极端措施。在这些州，新生儿的角度偏离只要超过半度，就会在出生的时候被立即摧毁。有一些平面国人优秀能干，天赋卓绝。他们出生的时候的偏差度达到过45角分，甚至更多。失去这些宝贵的生命，对国家而言将是无法弥补的损失。平面国的医学治疗方面也取得了辉煌的成就，包括压缩、延长、环钻、绑扎和其他外科手术或营养学手术。这些手术可以部分治愈不规则性，有一些人都已经完全治愈了。我不喜欢走极端，也不喜欢非黑即白的做法。如果这些人恰逢骨头刚要定型的年龄，又有医疗局报告明确他们不可能被完全治愈，那我会建议用没有痛苦的方式，将这些不规则图形的后代进行人道主义毁灭。

第八章

平面国的古代绘画艺术

如果我的读者从头读到这里，应该会发现平面国的生活是比较枯燥的，对此也不会感到奇怪。当然，我的意思并不是说平面国无聊到没有战争、阴谋、动乱、内讧，平面国也不乏有趣的历史事件。我也不否认生活问题和数学问题这一对奇怪的组合，给我们的生活带来了快乐。当然立体国的人应该很难理解这一点。我们需要不断猜想，而后立即验证。我说的生活枯燥，指的是美学和艺术两个方面。从这两个角度来看，平面国的生活真的很枯燥。

当一个人的视野、眼前的风景、历史作品、肖像、鲜花、静物画，都只是一条线，除了明暗区分之外没有任何变化。他的生活又怎么可能不无聊呢？

然而平面国的生活并非一直这么无聊。如果历史记载没有出错，色彩也曾照亮过先祖的生活，时间长达六个世纪，甚至更多。据说，有个名字无可考据的五边形偶然发现了简单颜色的成分和基础绘画方法。而后他借助颜色和这种绘画方法装饰了他的房子，然后装饰了他的奴仆，再然后是他的父亲、儿子和孙子，最后装饰起了他自己。颜色装饰的效果很不错，既方便又美观，每个人都很满意。这种方法很快就扬名天下了。所有人都称这个五边形为"色彩大师"，就连最有公信力的权威机构也这么叫他。不论他走到哪里，他身上斑斓的色彩都能立即引起人们的注意和尊敬。大家都不需要"触碰"他了，也不会有人混淆他的正反面。邻里乡亲能够毫不费力地看出他的一举一动。走路的时候不会被推搡，过往行人也都会给他让路。当我们这些没有色彩的正方形和五边形行走在一群无知的等腰阶级中时，常常不得不努力告知我们的存在，非常费劲。但他风格独特，不需要如此费劲。

这种潮流像野火一样蔓延开来。不到一周，色彩大师所在地区的每一个正方形和三角形都复刻了他的潮流，只有少数保守的五边形还坚持着自己的本来面貌。一两个月后，就连十二边形也染上了这种新风潮。不到一年时间，除了平面国的顶级贵族，所有国人都效仿起了这种做法。无须多说，这种新风俗没多久就走出色彩大师的家乡，传到了周围地区。才繁衍了不到两代人，平面国中除了女性和神职阶级，所有人都变成了彩色的。

自然法则好像自己竖起了一道屏障，避免将这种创新扩散到女性和神职这两个阶级。创新者总免不了将多边性当作借口。"大自然有意让每个人的边都区分开，所以每一条边的颜色都应该有所不同。"彼时，这句邪门歪理口口相传，一度使所有城镇居民接受了这种新文化。但是这句格言显然不适用于神职阶级和女性。女性的形状只有一条边，所以无论从复数的角度来看，还是从学术层面来说，女性都不可能有"多边性"。至于神职阶级，他们总声称自己是货真价实的圆形，而不是由无数小边构成的近圆多边形。神职阶级惯爱吹嘘自己没有边，女性却只能悲伤地承认这个事实。神职阶级宣称只有一条曲线，或者换个词，圆周。因此，这两个阶级听到所谓的"边与边的区别即颜色的区别"时，都没多少触动。在所有人都陶醉于躯壳装饰的时候，只有神职阶级和女性还保持纯洁，没有受到颜料的污染。

道德不端、行为放荡、混乱无序、无科学依据……怎么评价都可以。但是从美学的角度来看，远古时代的色彩革命，点亮了平面国艺术领域的童年时期。童年，是啊，未及成年便夭折的童年，连青春韶华都来不及盛开的童年。那时，生活本身就是一种乐趣，因为能够看见。参加聚会时，哪怕聚会的规模再小，都能在欣赏宾客的缤纷色彩中获得快乐。据说，教堂和剧院里的色彩斑斓，常常分走观众的关注，无暇欣赏舞台上优秀的牧师和演员。但最令人沉醉的，当属阅兵时难以言说的壮丽璀璨。

　　一列由两万名等腰阶级士兵组成的队列突然撞入眼帘，底边不再是阴沉沉的暗黑色，侧边也换成了橙色和紫色，一橙一紫，将顶角夹在其间。由等边三角形组成的士兵队列有红、白、蓝三种颜色。淡紫色、群青色、藤黄色和深赭色的正方形炮兵正围绕着他们的枪炮快速旋转。外科医生、几何学家和侍从武官属于五边形和六边形阶级，他们带着各自的五颜和六色奔腾而过，熠熠生光。这一切的一切，都足以证明一则知名故事的可信度。这则故事描述了一个圆形阶层贵族。他为麾下军队的艺术之美折服。他扔掉了统领军队的指挥棒和皇室贵冠，高呼着从今往后，他将拾起画笔，弃戎从艺。从那个时代的语言和词汇中就可以知道，那个时代的感官发展极其伟大又极为辉煌。在色彩革命时代，哪怕一个普通公民嘴里说出的常见话语，言辞间也涌动着比如今更加丰富的文字和思想色彩。我们要感谢那个时代，因为它给我们留下了最美的诗歌，也留下了语言的韵律。

第九章

平面国的《通用颜色法案》

但与此同时，富有智慧的视觉辨认艺术正在迅速衰落。

既然不再需要靠视觉辨认来识别对方，大家也就不再练习了。很快，几何学、静力学、动力学和其他学科的研究便成了鸡肋，在大学里也坐了冷板凳。作为较低一级的辨认方法，触碰法在小学校园中也面临着同样的命运。等腰阶级随后宣称，平面国不再使用也不再需要样本，于是拒绝按照惯例向教育服务行业提供罪犯。过去，等腰阶级被禁锢在沉重的枷锁中，被当成了教育的样本。这种枷锁原有双重利好，一个是驯服他们野蛮的天性，一个是削减他们过剩的人口。现如今等腰阶级挣脱了枷锁，人数变得越来越多，态度也越来越傲慢。

年复一年，士兵和工匠们变得越来越理直气壮，宣称自己和多边形上层阶级并无太大区别，因为他们的地位提高了，也能够借助色彩辨认法解决生活难题了，无论是静态问题还是动态问题都不在话下。视觉辨认法一直在衰退，但他们对此仍然感到不满意，于是开始要求从法律上禁止一切"垄断和贵族阶级艺术"，还要求国家取消对视觉辨认、数学、触碰等学科的扶持，简直胆大包天。很快，他们开始宣称，颜色已然变成了人类的第二天性，贵族与平民间的区别已被消弭，法律也应该同步调整。从今往后，所有的个体和所有的阶级都应该被平等对待，并享有平等的权利。

察觉到上层阶级的摇摆不定，色彩革命的领头人得寸进尺，要求包括神职和女性在内的阶级都要服从色彩，接受彩绘。反对派认为这两个阶级的人没有边，无法染色，却立马遭到了反驳。后者认为无论是出于天性，还是个体的便利，每个人的前半部分和后半部分应该做出区别。前半部分指的是包括眼睛和嘴巴的那一半。因此，他们在"平面国州境大会"上提出了一项通用法案，建议女性应该将带眼睛和嘴巴的那一半涂成红色，另一半涂成绿色。神职阶级也不能例外，以眼睛和嘴巴为中点形成半圆，给这个半圆涂上红色，而后将另一半涂成绿色。

这个提案很是狡猾。不过，它不是由等腰阶级提出来的。毕竟他们的角度这么小，根本不足以欣赏这份法案的美妙之处，遑论设计这样一份全国性提案了。这个提案是由一个不规则圆形提出来的。他在童年的时候居然没有被处死。有人为他提供了纵容和庇护，简直愚蠢，这个人给国家带来了满目疮痍，也给他的追随者带去了毁灭。

一方面来说，这项提案试图让所有阶级的女性都能够支持色彩革命。因为革命者给女性赋予了与神职阶级同样的两种颜色。从某种程度上来说，这确保女性能够像神职阶级一样获得同等的尊重和遵从。这么好的事儿，又怎么可能吸引不到大量女性呢？

有一些读者可能会觉得，即便在新的法律制度下，神职阶级和女性看来也不可能一样。我用一两句话解释一下。

想象一下，一位女性根据法律要求，在身上涂了颜色。带眼睛和嘴巴的前半部分是红色的，后半部分是绿色的，分毫不错。走到她的侧面观察她，你就会看到一条半红半绿的直线。

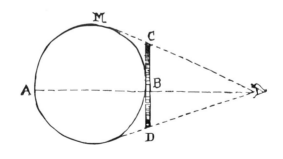

再想象一下，在你眼前有一个神职阶级的成员。他的嘴在

图中用M代替；他的前半圆用AMB显示，涂成红色，他的后半圆则涂成了绿色。直径AB将他分成了红绿两半。如果你把视线和他的直径对齐，和AB两点同在一条直线上，你将看到一条直线，也就是CBD，其中一半的CB线段是红色的，另一半BD是绿色的。整条线段CD看起来可能会比正常女性的身量要短得多，越靠近端点颜色就越暗。但因为两者颜色一样，会让你产生错觉，认为二者同属一个阶级，从而无暇顾及其他细节。别忘了，视觉辨认法在色彩革命时期出现了衰退，对社会造成了威胁。女性很快就学会了将她们的端点涂得暗一些，假装自己是圆形阶层。读者们看到这里应该就很清楚了，《通用色彩法案》将神职阶级和年轻女性混为一谈，这或许会带来极大的危险。

毋庸置疑，这等好事儿对脆弱的女性极具吸引力。她们翘首盼望着随之而来的混乱。在家里，她们能够听到一些关乎政治和神职的秘密。不过这些秘密本是说给她们的丈夫和兄弟听的，跟她们没有关系。她们甚至可以假借神职圆形的名义下令。在外时，女性只用红绿两色装饰自己。这种颜色组合异常醒目，常常误导别人将她们错认成神职阶级。路人对女性致以尊重和顺从。此消彼长，女性获得好处就意味着圆形阶级遭受了损失。在这种情况下，假如女性轻浮、不体面，那她们的行为就会被归咎于圆形阶级，损害圆形阶级的名誉，甚至有可能颠覆宪法。不过我们也不指望女性能够考虑到这些问题，毕竟就连圆形阶级的家庭中的女性，也都支持《通用色彩法案》。

该法案的第二个目标是让圆形阶层逐渐堕落。在民众普遍智力低下的时候，圆形阶层依然保持着与生俱来的理解力，清晰而有力。圆形阶级很小的时候，就熟悉了家中没有颜色的环境，独自保留了视觉辨认这一门神圣的艺术，还从这种令人艳羡的智力训练中受益颇丰。因此，在《通用色彩法案》出台之前，圆形阶层不仅保住了自己的地位，还强化了对其他阶级的领先地位。

　　我前面提过这个恶毒法案的作者是一个狡猾的不规则图形。他满心想着迫使贵族阶级屈服于颜色的污染，一举降低贵族的地位，还想借机剥夺贵族阶级在家中接受视觉辨认法训练的机会，认为这样就可以剥夺贵族阶级纯洁无色的家园，削弱他们的智力。一旦受到色彩的污染，圆形阶级不论是小孩还是大人都会深受其害。圆形阶级的婴儿只有在辨认父母的时候，才有可能发现问题，来锻炼自己的理解能力。但母亲的色彩带有欺骗性，会动摇孩子的逻辑推理。这样一来，神职阶级的智识光环就会渐渐暗淡，贵族阶级的礼法机构会被摧毁，特权阶级也会因此而颠覆。

第十章

镇压色彩革命

《通用色彩法案》的呼声持续了三年。到最后,我们都觉得无政府主义看起来快赢了。

为了与三角形作战,多边形组织了自己的武装力量,他们放下了尊贵的身份,以私人士兵的身份作战,却被一支等腰三角形精英部队歼灭了。与此同时,正方形和五边形阶级始终保持中立。最糟糕的是,一些有才干的圆形阶层成了婚姻不和的宣泄口。很多贵族家庭的女性不满政治对她们的歧视,祈求丈夫不要反对《通用色彩法案》。有些妻子发现她们的祈求没有效果,竟然残杀了无辜的孩子和丈夫,而自己也在杀戮中丧失了生命。据记载，在三年的革命中，至少有23名圆形阶层的成员死于家庭不睦。

真的太危险了。看样子，屈服或灭绝是神职阶级的唯二选择。不过整件事的进程突然被一个事件完全改变了。政治家们永远都应该记住这件事，不仅要能够预见此类事情的发生，偶尔还有引导这类事情的发生。因为这类事情能够引发民众的同情，能量超乎寻常。

碰巧有一个低阶等腰，几乎没什么脑子，顶角顶多只比四度多一些。有一次他抢了一家商店，不小心沾上店家的颜色，就顺手给自己涂上了十二种颜色，假装自己是个十二边形。也有一种说法，这个等腰阶级不是自己涂色的，是不小心沾上的。他走进集市，换了声线跟一个少女搭讪。那是一个多边形贵族家庭的孤女，他之前追求过这个少女，但他的追求显然不可能有结果。一方面，低阶等腰真的很幸运，期间发生了不少巧合事件推波助澜，难以用文字简单描述；另一方面，女孩的亲戚蠢得令人无法想象，也无视平日应有的预防措施。在一系列欺骗行为之后，他和这个贵族女孩结婚了。不过，可怜的女孩在发现自己受骗后自杀了。

这个灾难事件在其他州流传开，使得女性的思想发生了剧烈的波动。她们对可怜的受害者表示感到同情，又担心她们自己、自己的姐妹和女儿也会受到这种欺骗。她们对《通用色彩法案》的看法也发生了转变。部分女性公开表示反对该法案，其余的女性只消稍微刺激便也加入了反对大军。抓住这个绝佳的契机，圆形阶层匆忙召开了一次特别的州境大会。除了像往常一样让囚犯充当保卫人员外，他们还争取了好些持反对意见的女性参加这次大会。

本次大会的参与人数空前的多。那会儿的圆形阶级首领叫作潘托塞克鲁斯[①]，甫一站起来就发现自己身旁的十二万个等腰阶级朝他发出阵阵嘘声。为了让这些人闭嘴，他宣布从此以后，圆形阶级将做出让步。圆形阶级选择少数服从多数，愿意接受《通用色彩法案》。话音一落，满场嘘声和骚动一下就变成了剧烈的掌声。潘托塞克鲁斯邀请色彩革命的发起者色彩大师来到会议大厅中间，代表他的追随者接受贵族阶级的顺从。而后潘托塞克鲁斯还发表了一篇辞藻华丽的演讲。演讲持续了几乎一天时间，寥寥数语难以将其概括。

他面带严肃，摆出一副不偏不倚的样子说道，既然圆形阶级决心要进行改革和革新了，他们希望能够在彻底推行法案前，对整个法案进行一次考察，看看优点，也看看缺点。他向商人、职业阶级和绅士阶级介绍了法案的个中风险。而后又安抚等腰阶级，说尽管法案存在缺点，但如果大多数人都愿意接受，圆形阶级选择少数服从多数。话音刚落，会场的嘘声瞬间平息。显然，除了等腰阶级，所有人都被他的话打动了，要么反对这个法案，或者持中立意见。

而后他又转向劳动阶级，声称劳动阶级的利益不能被忽

---

① 潘托塞克鲁斯（Pantocyclus），这个名字可以拆分为"panto"（全部、所有）与"cyclus"（圆形）两部分，实际意义即为正圆形，象征着阶级地位高。

视。如果劳动阶级愿意接受《通用色彩法案》，那他们至少应该充分考虑到后果。他说，劳动阶级中的很多人马上就能突破圈层进入等边三角形阶级了；也有一些人期望自己的孩子能够实现自己求而不得的夙愿，出人头地。一旦法案得以推行，这种能给家族带来荣誉的抱负将再无可能。因为随着色彩的普遍应用，所有的区别都不复存在。规则与不规则阶级将混为一谈。一切的发展将停滞，社会出现倒退。劳动阶级过不了几代人就会降级成士兵阶级，甚至囚犯。政治权力将会掌握在多数人手中，也就是犯罪阶级。目前，犯罪阶级的人数已然超过了劳动阶级。一旦违反惯常的《偿付法》，他们很快就会超过其他阶级的人口总和。

工匠队列中传来低低的喃喃声，色彩大师紧张了起来，试图走上前和他们说话。不过卫兵把他团团围住了，他被迫保持缄默。此时，圆形阶级首领向女性群体做着最后的激昂陈词，说如果《通用色彩法案》得以通过，从今往后婚姻将再无保障，女性的地位也得不到保护。欺诈、欺骗和伪善将充斥在每一个家庭中。家庭喜乐也将和宪法一样，迅速走向灭亡。"甚至比宪法的灭亡还要快！"他喊道，"我们完了！"

首领早就和等腰阶级囚犯商量过了，让他们在听到这些话的时候就要采取行动。于是等腰阶级囚犯听到这里便扑向了色彩大师，将他刺穿了。规则图形阶级成员自动散开，从队列中给女性让了一条道出来。这些女性在圆形阶级的指挥下迅速前进，施展她们的隐身大法，准确无误地攻击了被吓呆的士兵。

工匠们效仿上层阶级，也在队列中开了道口子出来。与此同时，一群群罪犯形成坚不可摧的方阵，把持了每一个出入口。

这场战役很快就结束了，或者用屠杀这个词可能更为妥当一些。在圆形阶层熟练的指挥下，女性的每一次冲锋几乎都能带走一条生命。相当一部分女性在将自己的直线线段刺入敌军身体、又拔出后，依旧安然无恙，随即准备发动第二次攻击。不过她们甚至都不需要发动第二次攻击，等腰阶级这一群群龙无首的乌合之众自己就能把事情搞砸。他们惊慌失措，前有隐形敌人的攻击，后有罪犯截断退路。这些等腰阶级立即失去了理智，口口声声喊着"叛徒"。他们的命运就这么被定下了。此刻，等腰阶级觉得自己所看到的、所触碰的所有人都是敌人。不出半小时，等腰阶级无人幸存。十四万犯罪阶级被彼此的角撕碎，用鲜血铺就了阶级秩序的胜利勋章。

圆形阶级乘胜追击，把胜利推向了极致。他们赦免了劳动阶级，却大幅度削减了他们的数量。等边阶级的士兵们立刻被召集了起来接受检查，只要能够合理怀疑某个三角形是不规则图形，这个三角形都不需要经过社会保障部门的精确测量，就会被军事法庭处死。军人和工匠阶级的家庭被查了一年多。那段时间里，每个城镇、乡村和小村庄都系统地进行了清洗，洗掉那些未向校园和学校交付犯罪阶级教育服务费用的下层人民，违反平面国宪法其他自然法则的人也不能幸免。自此，阶级平衡恢复正常。

无须多说，自那时起平面国人便不再允许使用，也不能拥有色彩了。除了圆形阶层和持证的科学教师，其他人但凡说出跟色彩有关的词便会受到严厉的惩罚。只有在箭桥大学少数高阶班级中，才会出于解释深奥数学问题的目的，少量使用色彩。当然，这种班级我未曾参加过，这只是我的道听途说。

现在，平面国再见不到任何色彩。如今，在世的人中，只有圆形阶级首领知道如何制作色彩。他会在临终前将这个技术传给继任者。平面国中也只有一家色彩生产作坊。为防止泄密，参与色彩制作的工人每年都会被处死，而后换上一批新的工人。即便到现在，贵族阶层回想起因《通用色彩法案》引起的骚乱，依然深感恐惧。

第十一章
平面国的神职阶级

是时候打住，不再东拉西扯了，接下来要讲的是这本书的重中之重，也是我探索立体世界的契机。此前所述，皆为序章。

因此，我不得不略过细节，虽然读者可能会觉得这些细节颇有兴味。比如我们在没有脚的情况下要如何移动和停止；我们没有手，也不能像你们一样打地基，更不能利用土地的侧向压力，那我们是如何固定木头、石头或砖瓦结构的；比如我们的雨水来自不同区域间的间隙，这样北方地区就不会拦截南方地区降雨带来的水分，这其中的原理何如；比如我们的山丘和矿井，我们的树木和蔬菜，我们的四季与丰收；比如我们用什么样的字母表和方法在线形书写板上写字……我不得不省略掉上述种种描述，还有其他关于平面国人的上百件趣事。此刻的我也无暇描述，只是想告诉读者，没有讲述这些细节不是因为作者忘了，作者只是想帮读者节约时间罢了。

不过，在我开始重头戏之前，读者肯定会希望我说说平面国宪法的支柱和依托，这些人也是平面国人行为的控制者和命运的塑造者，更是在平面国广受尊敬和崇拜的人。我不需要强调他们是谁了吧？这些人就是平面国的圆形阶级或者说神职阶级。

我称他们为"神职阶级"，但请不要误会，这个词的意思和立体国人理解的不一样。在平面国，神职阶级指的是一切商业、艺术和科学的管理者，也是一切贸易、商务、战事指挥、建筑、工程、教育、政治、律法、道德、神学的引导者。他们不需要亲力亲为，自然有人为他们服务。

通常，一个人只要被称作"圆形"，他就会被看作是真正的圆形，但受过良好教育的人都知道，平面国中所有圆形都不是真的，他们只是由无数短边构成的多边形。边数越多，形状也就越趋近圆形。边数特别多，比如多到三四百的时候，哪怕触觉再敏锐的人，也很难触碰到这些多边形的角，或者说，"将"很难触碰到这些角。因为我之前已经说过了，上层社会并不认可触碰辨认法，也不知道怎么做。并且，触碰法在圆形阶级的人看来，是极大的冒犯。上流社会拒绝被触碰，这种习惯让圆形阶级轻而易举就裹上了一层神秘的面纱。因为自幼年起，这些圆形阶级的人就习惯于将自己的周长或圆周藏在这层面纱下。圆形阶层的平均周长是三英尺。因此，如果一个多边形有三百条边，他每条边的长度不会超过百分之一英尺，或者只比十分之一英寸多一些。如果一个多边形有六七百条边，那每条边的长度比起立体国大头钉的直径，长不了多少。出于客套，人们假定圆形阶级首领有一万条边。

规则图形的平民阶级受到自然法则的限制，每一代人在提升自身社会地位时只能增加一条边。不同与此，圆形阶级后裔不需要受到同等限制。否则，圆形阶级的边数就是单纯的家谱和算术问题了。等边三角形的第四百九十七代后裔就必然是个有着五百条边的多边形？事实并非如此。自然法则制定了两条截然不同的法令，来限制圆形阶层的扩张。其一，圆形阶层的社会地位越高，发展就越快；其二，圆形阶层的社会地位越高，生育率越低。如此一来，四五百边形家中就鲜少有男性子嗣，即便有，也不可能超过一个。而参考第一条法令，五百边形的儿子可能是个五百五十边形，甚至是六百边形。

艺术手段也在其中搭了把手，加速进化。医生发现，上层阶级多边形婴儿的边长又小又柔软，可以把他们的骨头掰断后再重新接起来，有时甚至能够重塑出两三百边形。不过这种做法并非次次成功，整个过程会产生极大的风险。有时，做完手术的多边形后裔比起各自的祖先，边长翻了一倍，一下跨了两三百代人，社会地位也一下子就提高了。

不过，有许多前途似锦的孩子因此而夭折，手术成功率几乎十不存一。不过那些徘徊在圆形阶级边缘的家长很有野心，以至于后来，社会上都很难找到地位这么低的贵族成员。因为这些孩子未满月的时候，就会被家长丢进圆形阶级新生儿治疗所。

一年定胜负。一年期满，新生儿治疗所挤挤攘攘的墓地中或许再添一处新坟，偶尔也能看见一行人兴高采烈地将孩子送回家。这个孩子从此就不再是多边形了，而是圆形，至少出于礼貌我们会这么说。只要有一个成功的例子，就会有成千上万的多边形父母前仆后继，做出同样的牺牲，不过这又是另一个问题了。

断骨手术

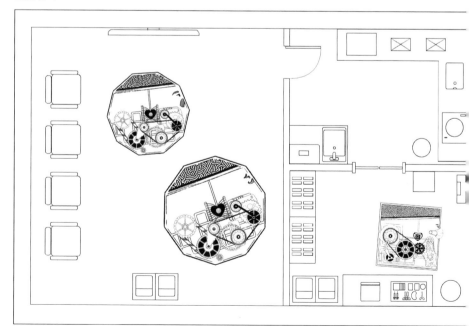

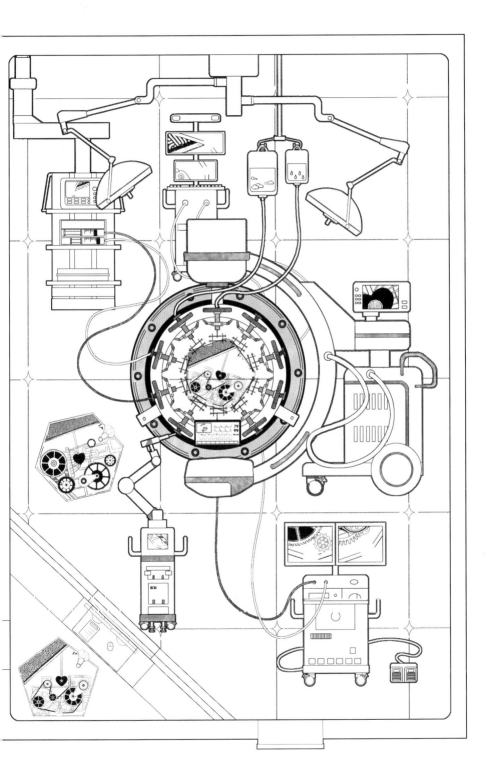

第十二章

平面国神职阶级的教义

　　平面国神职阶级的教义其实可以简单概括为一句格言：
"形态决定一切。"政治、教会、道德，不论是哪一个群体，
他们的教义都以改善个人和群体的形态为目标。当然，此处的
形态专指圆形，其他形态都从属于圆形。

　　圆形阶级有效压制了那些古老的异端邪说。这些异端邪说
浪费人们的精力和感情，会让人误以为个人行为并非取决于形
态，而是取决于意愿、努力、训练、鼓励、褒奖，诸如此类。
我们在前文提到过潘托塞克鲁斯，也就是平息色彩革命的人。
他是第一个使人类相信自己是由形态决定的。打个比方，如果

你生下来就是一个边长并不相等的等腰阶级，你肯定要把两条边调得一样长，否则你肯定会出问题。这样一来你就必须去等腰医院了。同样，如果你是一个三角形、正方形，甚至是一个多边形，假设你的边长出现了不规则形状，你也需要到规则医院治疗。否则，你就只能在州立监狱中禁锢余生，或是在州境刽子手的角下了结生命。

潘托塞克鲁斯认为，所有的缺点或缺陷，不管是最轻微的过失还是最严重的罪行，都是因为身体形态的规则性发生了偏移。如果这样的不规则性并非先天带有，那就可能是在人群中受到冲撞造成的，也可能是忽视锻炼或锻炼过量造成的，又或者是出于温度突然变化导致的形态收缩或膨胀，当然这些形态本身就比较脆弱。所以，这位杰出的哲学家得出结论，即从客观角度来说，好行为和坏行为都不应被赞美或谴责。举例来说，你可能会赞扬一位正方形的正直品性，因为他切实维护了客户的利益。但其实你应该欣赏的是他精确的直角。又或者，你可能会责骂一个谎话连篇、偷窃成性的等腰阶级，但其实你应该为他不可治愈的边长不等感到惋惜。

理论上来说，这个教义是无可置疑的，不过操作起来也确有弱点。在处理等腰阶级的案件时，如果一个无赖为自己辩解，说自己因为边长不等，忍不住不偷东西。既然出于形态的原因，这个无赖不得不成为一个人嫌狗憎的人，那你作为治安官就可以此为理由，判处他死刑。这样就可以结案了。有一些家庭纠纷比较轻微，不适用死刑，形态理论就会变得很尴尬。

我必须承认，我的孙子偶尔也会为自己的叛逆行为做辩解，说温度的突然变化对他的周长影响太大了，我不应该责怪他本人，而应该归咎于他的形态。他还说只有大量优质糖果才能加强他的形态。这样一来，我无法从逻辑上驳斥他，从操作层面来看，又无法接受他的结论。

就我个人而言，温和有理的责骂和鞭笞或许能够强化我孙子的形态，虽然我也没什么依据。不过无论如何，许多人面对困境时的应对方式，都跟我差不多。我发现这些在法庭中担任法官的高阶圆形，对规则和不规则图形褒贬不一。据我所知，这些人在家批评孩子的时候，也会激烈谈论"对"与"错"，仿佛这些字眼真实存在眼前，人类图形可以直接从中做选择。

圆形阶层坚持将形态政策灌输到每个人的思想中，他们颠覆了立体国人习惯的伦理纲常。立体国的孩子要孝敬父母；而在平面国，除了所有人要尊敬圆形阶层外，如果一个男人有孙子，他需要尊敬自己的孙子，如果没有，这个男人也要尊敬自己的儿子。不过所谓的"尊敬"并不代表"放纵"，只是出于对自身最高利益的投诚。据圆形阶层的教导，父亲有责任将自己的利益置于后代利益之后，这样才能提升整个国家的福祉，护佑直系后代的利益。

我作为一个平凡的正方形，斗胆提一下圆形阶层的弱点。我认为他们的弱点在于和女性的关系。

对于整个社会来说，限制不规则图形的繁衍至关重要。因此，对于希望后代能够逐步提升社会地位的人来说，如果一个女性的祖上出现过不规则图形，她不会是合适的伴侣。

男性的不规则性通过测量就可以发现。但由于所有女性都是直线，她们不管怎么看都是规则的。所以人们必须想出其他办法，来找出她们藏在基因中的不规则性，也就是说她的后代潜在的不规则性。这个方法便是各家各族精心记录的家谱。这些家谱由国家保存和监督。女性的家谱若未经官方存档，她们便不得结婚。

设想一下，有一个圆形阶级，他为自己的血统感到骄傲，在意自己的后代，憧憬着自己的后代能在将来某些时候担任圆形阶级首领。读者可能会觉得这个人在选择妻子的时候会比任何人都来得谨慎，力求找到一个家谱上没有任何污点的妻子。这不是事实。当一个人的地位提升后，对规则图形妻子的诉求就渐渐削弱了。一个心怀抱负的等腰阶级希望孕育出一个等边阶级的儿子，那他就一定不会选择祖上出现过不规则性的妻子。至于正方形或五边形的人，他们的家族蒸蒸日上，自己对此也充满信心，这些人在找妻子的时候顶多往前追溯个五百代人。六边形或十二边形对妻子的家谱就更无所谓了。不过，据说有一个圆形阶级故意娶了个曾祖父是不规则图形的妻子，这一切只是因为这个妻子的光芒更胜他人，或是因为她的声音低沉迷人。相较于立体国，声音在平面国来说，更值得被称为"女性的优点"。

正如人们所料，这种门不当户不对的婚姻，要么孕育出不规则的后代，要么导致后代边数减少。然而尽管结果如此可怕，也并没有形成足够的威慑力。高阶多边形减少个一边两边的很难发现，而且还可以在新生儿治疗所做手术弥补，就像我之前介绍过的一样。但是，圆形阶层默认不孕不育是自然法则的规律。如果不制止这种婚姻，圆形阶层的人口减少将会变得更加迅速，可能在不久的将来，圆形阶层可能就无法再孕育出圆形阶级首领，那平面国的宪法将自此崩溃。

我还想到一件事情，同样和男性与女性的关系有关，不过我还没搞明白该如何解决。大约在三百年前，圆形阶级首领颁布法令，认为女性缺乏理性又太过感性，所以女性和"理智"二字无关，也不应再接受任何心智上的教育。结果，再没有人教女性阅读，也没有人教她们计算，所以她们没办法算出丈夫和儿子的角度。也因此，每一代人的智力水平都出现了明显下降。这种制度至今依然盛行，拒绝让女性接受教育，也不允许女性发声。

我担心的是，虽然这种做法的出发点是好的，但这项政策的推行开始对男性造成伤害了。

现状是，男性不得不过着双语生活，或者说精神分裂的生活。面对女性的时候，我们口口声声说的，是"爱""责任""对""错""怜悯""希望"和其他非理性或表达情感的词语。但这些概念是不存在的，我们这么说，只是为了打压女性。但当面对同性的时候，我们的词汇就完全不一样了，或者说，我们有一套自己的习语。"爱"成了"向她们索取"，"责任"变成了"不得不做"，其他词语也相应改变了。我们在书本中用的语言也是这一套。此外，和女性沟通时，我们用的语言听起来对她们的性别极度尊重。她们甚至认为，圆形阶级首领在我们心里，都不如她们受尊重。然而背地里呢？怕是除了幼童外，所有人都觉得她们比"无脑有机体"好不了多少。

面向女性的神学也和其他群体的神学全然不同。

我有点担心这种语言和思想上的双重训练，给孩子们施加了太大的负担。特别是当孩子长到三岁的时候，就会被人从母亲身边带走，学习如何忘掉先前习得的语言，同时学习科学词汇和习语。旧的语言系统只有在母亲和保姆面前才能使用。据我看来，与三百年前先祖的智慧相比，我们在掌握数学真理方面存在弱点。如果女性偷偷学会了阅读，还把书中内容告诉其他女性，其中的危险自不必分说。我也有点担心男婴是否会有意或是无意向母亲透露我们男性用语的秘密，这样的话，结果估计也不会太乐观。男性智力确实出现了衰弱，基于这一理由，我谦卑地向最高当局发出呼吁，请重新考虑女性教育的相关法律规定。

第二
部分
PART. 2
他方
世界

"啊，美丽的新世界，和美好的人！①"

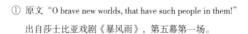

① 原文 "O brave new worlds, that have such people in them!"
出自莎士比亚戏剧《暴风雨》，第五幕第一场。

第十三章

我梦见了线条国

平面国纪元1999年的最后一天，我开始了我的长假。我最喜欢的莫过于几何游戏了，于是我自娱自乐，一直玩到很晚才睡觉。我辗转反侧，有一个尚未解决的问题萦绕在我的脑海中挥散不去。那天晚上我做了一个梦。

梦中，在我眼前出现了许多细小的直线条，我自然以为这些都是女性。线条间还散落着更小的生物，发着光，在同一条直线条上来回移动。据我判断，这些生物的移动速度几乎一样。

这些点在移动的时候，时不时会发出叽叽喳喳的声音，声音有点杂乱，形形色色的。但偶尔这些点也会停滞不动，于是就转为一片寂静。

　　那条最长的直线条看着像是位女士。我朝她走去，打了声招呼，不过她没有搭理我。我又唤了她几声，还是没有搭理我。这太无礼了，我无法接受，遂失去耐心。我走到她的正前方拦住她，就是包含她嘴巴的那一面，拔高音量后又问了一次："女士你好，这些点在同一直线条上来来回回做着单线运动，还发出奇奇怪怪的叽叽喳喳声，他们这是什么意思？"

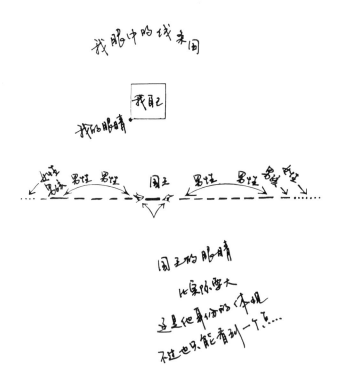

我眼中的线 来回

我自己

我的眼睛·

女人的眼睛 男性 男性 → 国王 ← 男性 男性 男孩 女性

国王的眼睛
比家你要大
这是他身份的体现
不过也只能看到一个点……

这条线告诉我："我可不是什么女性，我是这个国家的国王。你呢，你又是从何处闯入我们线条国的？"突然间听到了他的回答，我连忙请求原谅，希望没有冒犯到皇室尊严。我说自己是个异乡来客，希望线条国国王给我讲讲这块土地的情况。不过，在获取我所感兴趣的信息时，我遇到了极大的困难。因为很多事情对于国王来说是习以为常的，所以他总觉得我在佯作无知，借此拿他取乐。不过，反反复复提问了几次后，我终于得出了下面的事实：

他自称为"国王"，他所在的"线条"即为他的王国。这位可怜又无知的国王似乎认为他即将度过一生的线条便是整个世界，甚至是整个宇宙。他无法移动，也无法视物。他对世界的理解局限在了他的王国中，对其余一切都没有概念。我第一次和他打招呼的时候，他听到了我的声音，但他听到的声音和过去听到的完全不同，所以他没有回答我。"我当时看不到你，"他说，"我听到的声音就像从我自己的肠子里发出来的一样。"直到我面对他讲话的时候，他才得以看见我、听见我，否则他只能听到自己的腹中传来异响，但我觉得那不是他的肚子，而是他的边。即便是现在，他对我的家乡也毫无概念。在他的国境以外，或者说直线条之外，对他来说一切皆空白。不对，连空白都算不上，因为空白意味着空间。或许，一切都不存在会更为合适。

他的臣民用直线条表示，细线条是男性，小点是女性。无论男女，他们的行动和视线都局限在他们的国家里，也就是那条直线条。无须多言，他们的视野中能看到的只有一个点，除此之外再无其他。无论是男性、女性、孩子，还是事物，在线条国人眼中都是一个点。他们只能通过声音分辨性别和年龄。也因为每个人都是一条窄窄的直线条，散落在线条国内，所以每个人都没办法左右移动，无法给过路人让道。也就是说，线条国人都无法绕过对方移动。一朝为邻，终生为邻。邻里关系仿若平面国的婚姻关系一样，牢不可破，终生不变，只有死亡才能终结这种关系。

线条国人的视线所及只有一个点，所有的行动也局限在直线条上，我觉得这种生活太无聊了。但这个国家的国王又格外活泼快乐，让我很是惊讶。线条国的环境对家庭关系很不友好，我不知道他们是否有机会享受夫妻之乐。我纠结了好一会儿，不知道要不要提出这个如此微妙的问题。但最后我还是从他家人的健康情况入手，问了这个问题。他告诉我："我的妻儿都很好，也很幸福。"

我被这个答案吓了一跳。因为在进入线条国前我做了一个梦，注意到国王附近只有男性。我鼓起勇气问道："请见谅，我无法想象您是如何看到妻儿或接近妻儿的，因为您和他们之间至少隔了八个人。我没理解错的话，您的视线不可能穿过他们，也不可能从他们身旁走过。是否在线条国，不需要亲密接触就能缔结婚姻和传宗接代？"

国王答复道："你怎么会问出这么荒谬的问题？如果真像你说的那样，宇宙人口没多久就会出现下滑。不，不是那样的。两个人若心意相通，是不是住在一起并不重要。互为邻里本就纯属巧合，生养后代一事极为重要，怎么可以依赖亲密接触呢？你不可能不知道这一点。不过既然你喜欢佯装无知，那我就把你当作线条国的无知稚童来教你。你要知道，婚姻是通过声音和听觉达成的。"

"你肯定知道，每个男性都有两张嘴，或者说两道声线，也有两只眼睛。两张嘴分别长在身体的不同部位，一部分发的是男低音，另一部分是男高音。我本不该提，但我见你的时候确实没听出你的男高音。"我告诉他我只有一道声线，我也没有听出他有两道声线。"那我没猜错，"国王说道，"你不是男性，你是个带有女性特征的怪物，声音低沉，耳朵也没有受过训练。你继续说。"

"我们的自然法则规定每个男性都应该娶两个妻子。""为什么是两个？"我问国王。国王喊道："你装得太过了。如果没有男高音、男低音、女高音和女低音的四合一，我们怎么完美结合呢？""但如果一位男士只想娶一个妻子，或者娶三个妻子呢？"我说。他回复道："这不可能。就好比二加一不可能等于五，又好比人类的眼睛看不到直线条，荒谬。"我本想打断他，但他接着往下说了。

"每周周中，在自然法则的驱使下，我们会经历一次比平时更有节奏的来回运动。这种运动会一直持续，直到你数到101次的时候才会停止。当你在这种合唱舞蹈中移动第51次的时候，全国居民都会停下手中的事，每个人会发出自己最丰富、饱满、甜美的旋律。值此重要时刻，我们的婚姻得以缔结。从男低音到女高音，从男高音到女低音，这种声音如此美妙。即便相隔两万里格①，爱侣也能立刻听出命定的恋人。爱意突破了距离的障碍，尽管他们并不认为距离是什么大问题。爱意将三个人紧密团结起来，瞬时缔结的婚姻会诞生出三胞胎，有男婴和女婴，他们将在线条国度过一生。"

"什么？总是三胞胎吗？妻子必须怀三胞胎吗？"我说道。

"低音小怪物！你说的没错！当然要每生一个男孩就生两个女孩，不然怎么维持性别平衡？你连自然法则都要装不懂吗？"说到这儿，国王停了下来，他气得说不出话。过了好一会儿，我才劝他继续讲下去。

"你不会认为，线条国每个单身汉在第一次参加这种求爱合唱的时候，就能找到伴侣吧？事实正相反，大多数人需要参与数次合唱才能达成所愿。很少有人一下就认出他们命定的声音，立刻投入双向奔赴、琴瑟和谐的怀抱。大多数人的求爱期都很长。求婚者的声音可能和其中一位命定妻子的声音很合拍，但没办法一下就找到两位妻子。也有些人第一次合唱的时候，一个也找不到。也可能是女高音和女低音之间不大协调。所以自然法则安排了每周的合唱活动，让三人间的关系更加和睦。每一次尝试声音，每一次发现新的不和谐，都潜移默化地

---

① 里格：长度单位，约等于4000米。

促使不够完美的声音打磨得更加完美。经过不断尝试和修正后，三者的声音实现了和谐。于是有那么一天，线条国求爱合唱活动又开始了，这三个相距甚远的恋人突然发现彼此的声音完美契合。未及他们反应过来，象征缔结婚姻的三连声便沉浸在了彼此的怀抱中。大自然也会为了新缔结的婚姻和三条新生命的降临而高兴。"

第十四章
我试着解释平面国的本质，却以失败告终

我觉得是时候让国王平静下来，面对常识了。于是我决定向他揭示一点儿真相，跟他说说平面国事物的本质。我开始了："陛下，您是如何区分臣民的形状和位置的呢？我来到线条国之前，就发现这里的人民部分是直线条，部分是点，有一些线要比其他的长一些……"国王打断我："休得胡言。你肯定出现了幻觉。所有人都知道，根据事物的本质，用视觉分辨直线条和点的区别是不可能的。这只能通过听觉来辨认，形状也同样需要借助听觉才能分清。比如我，我是一根直线条，是线条国最长的直线条，空间有六英寸。"我斗胆提出建议：

"应该是长度。""愚蠢！"国王斥道，"空间就是长度。再打断我的话，我就不说了。"

我向他道歉。他继续往下说，不过言辞间还是很轻蔑："既然你无意争论，不妨用耳朵听听看，我是如何用两种声线触达我妻子的。她们此刻离我有六千英里七十码两英尺八英寸远，一个在北方，一个在南方。听着，我这就呼唤她们。"

他尖叫了一声，而后得意地对我说："我的两个妻子先听到的是我其中一个声线，紧接的是另一个。通过声音的传递，我发现两个声音触达妻子的间隔是6.457英寸，据此可以推断出我的其中一张嘴和另一张嘴之间的间隔是6.457英寸，从而得出我的形状是6.457英寸。但你应该也清楚，我妻子并不会在每次听到我声线时都会这么计算。在我们结婚前她们就已经算过了，不过现在只要她们愿意，也随时都可以。同时，我也可以同样通过对声音的感知，摸清男性臣民的形状。"

"但是，"我说道，"如果一个男性用其中一个声线模仿女性的声音，或者将他往南传话的声线伪装成往北声线的回声呢？这种欺骗应该会造成很大不便吧？您难道不能下令，要求您的臣民通过触碰彼此来制止这种欺骗行为吗？"这当然是一个非常愚蠢的问题，因为触碰并不能制止欺骗。但我原本打算激怒君王的，现在看来我做到了。

"什么！"他惊恐地叫出声，"解释一下你的话。"我答："触碰，触摸，相互接触。"国王回复我："如果你指的是触碰，两个人离得太近，亲密无间，在我的国家这种行为是要被处死的。陌生人，你要知道这一点。理由很简单，女性的身体太脆弱，靠太近的话就容易受伤害，国家有义务保护她们。既然男性看不见女性，法律便规定，在通常情况下，男性和女性都不能靠得太近，以免破坏彼此间的距离。"

"你所说的触摸是不合法也不符合自然规律的，甚至还有点过度。既然用听觉可以更容易取代这样一个野蛮粗暴的过程，结果还更准确，那为什么不呢？至于你提到的欺骗导致的风险，这种事情是不存在的。因为声音是人的本质，无法随意改变。但你想象一下，就算我们的声音能够穿过固体，我可以一个一个地触达我的目标群体，但我有十亿子民，意味着需要触碰这么多人的大小和距离。这种方法也太浪费时间和精力了，还又笨又不准确！但我只消稍稍听一下，就能够知道线条国所有生物的方位、身体状况、心理和精神，就像人口普查和数据统计似的。听一下，只需要听一下！"

说着说着，他停了下来，专注地听着一个声音。这个声音在我听来，跟小蚂蚱群发出的啁啾声差不多。

"确实，"我回答说，"听觉帮了您很大的忙，弥补了许多不足。但请您容许我冒昧，我觉得您在线条国的生活一定无聊透顶。你们除了一个点，别的什么也看不见！甚至脑补不出直线条的样子！不对，你们甚至不知道直线条是什么！就算是视觉，你们看到的也不如平面国人看到的多！哪怕什么也看不见，都好过只能看到一点点！我承认我没有你们那么好的听觉能力，但这些给你们带来极大乐趣的线条国音乐会，在我看来无异于叽叽喳喳的杂音。但至少我可以通过视觉，区分线条和点。我证明给您看。我刚到线条国的时候，看到您正在跳舞，先是从左到右，而后从右到左。彼时您的左边挨着七位男性和一位女性，右边有八位男性和一位女性。没错吧？"

"就人数和性别而言倒是没错，"国王说，"不过我不知道你说的'左'和'右'是什么意思。但我不相信你刚刚描述的一切，你怎么可能看得到直线条呢？这可是人类的内在。你肯定听谁说过，然后梦到自己见过这些直线条。我问你，你说的'左'和'右'是什么意思？这是你们平面国人用来描述南北的用语吧。"

"这不一样，"我回答他，"除了你们的南北向移动，还有一种方向的移动，就是左右移动。"

国王："请你展示左右移动给我看。"

我："不，我做不到，除非您能从您的那条直线上走出来。"

国王："走出我的直线条？你是说，离开我的世界吗？离开我的空间？"

我："嗯，是的。走出您的世界，走出您的空间。因为您所谓的空间并不是真正的空间。真正的空间是一个平面，但您的空间仅仅是一根直线条。"

国王："如果你不能展示左右移动给我看，那我希望你能用语言描述一下。"

我："如果您分不清自己的左右，恐怕我说的话也没办法让您明白。但区分左右很简单，您肯定知道。"

国王："我一点儿也不知道。"

我："唉！我该怎么说呢？当您持续前行的时候，您有没有想过可以换个方向前进？待视线一同转过来后看着身体朝着的方向？换句话说，不要总是朝着您的一端前进，难道您从来没有想过朝着身体的另一端前进吗？"

国王："从来没有。你的意思是什么？一个人的内部怎么能朝着任意方向'前进'呢？或者说，人怎么可能随着自己的内部方向前进呢？"

我："行吧。话是讲不清楚了。我试试用行动展示吧。我会朝着我希望向您说明的方向移动，慢慢离开线条国。"

说着，我开始慢慢移动身子，朝线条国外走去。不过，每当国王一看到我身体的任意部位还在线条国内，他就不断大喊："我看到你了！我又看到你了！我还是看得到你！你根本没有动。"但当我终于离开他的直线条时，他惊声尖叫："她不见了！她死了！"

"我没有死，"我回答他，"我只是离开'线条国'了，也就是离开了你们称之为'空间'的直线条，进入了真正的'空间'。在这里，我可以看到事物的本来面目。现在我可以看到您的直线条了，在平面国我们管这叫作'边'，或者你们更愿意将其称为'内部'。我还能看见在您南北侧的男性和女性，我还可以跟您说说这些人都是谁，描述他们的顺序、大小，以及彼此间的距离。"

展示结束，我得意扬扬："这次您总该相信了吧？"说着，我又一次进入了线条国，重新站在之前的位置。

然而国王的回复和我预想的不同："如果你是个有理智的男性，你就能听得进道理。不过你只有一种声线，所以我怀疑你是女性，而不是男性。我只能感觉到一条直线，你却要我相信在这条线以外还有一条线。我每天只朝着一个方向移运动，你又要我相信还有另一种运动。出于对你的回应，我要你用语言描述或者用动作展示给我看。你没有选择移动，而是表演了一种消失而后复现的魔法。你对你的世界没有清晰的描述，只简单说了我的随从约有四十人，以及他们的身量大小。但在线条国，就连孩子也知道这些信息。这种做法太不理智，也太大胆了。承认你的愚蠢，否则离开我的领地。"

国王太固执了，我感到非常愤怒。他居然声称看不出我的性别，我更生气了。我不假思索反驳他："你真是糊涂！你以为自己很完美，但你想多了，你不仅不完美，还极度愚蠢。你说你自己能看见，但你只能看见一个点！你因为自己能推断出直线条的形态引以为傲，但我能看到直线，还能据此推断出角度、三角形、正方形、五边形、六边形，甚至是圆形。有什么好说的呢？你缺失的部分我正好拥有。你是一根线条，但我很多线条，在我的国家我被称为正方形。论优越，我比你强多了，但我在平面国的贵族大家中却微不足道。所以我来拜访你，希望能帮你启蒙，让你不那么无知。"

　　听到这些话，国王向我走来。他发出一声尖叫威胁我，仿佛要将我从对角线刺穿。与此同时，无数线条国的臣民叫嚣了起来，充满战意。声音愈来愈烈，到最后都快比得上一支十万等腰军队和千人五边形炮兵部队发出的轰鸣声了。我被困住了，一动不动。我不敢说话，也不能移动，以免自己被这些人绞杀。声音越来越大，国王也离我越来越近。这时，早餐的铃声将我带回了现实，我醒了过来。

第十五章
一个来自立体国的陌生人

从梦境回到现实。

平面国纪元1999年的最后一天，雨水淅淅沥沥，迎来了夜幕的降临。我坐在妻子身边深思，回溯过往，展望下一年、下一个世纪，和下一个千禧年。

　　注：当我说"坐"的时候，我指的并非像立体国那种姿势上的改变。因为我们没有脚，就像立体国的比目鱼一样。所以按照你们对这种动词的理解，我们既不能"坐"，也不能站。

不过我们所谓的"躺""坐"和"站",指的是不同的意志和心理状态。从某种程度上来说,光泽会随着意志的加强变亮,旁观者应该可以看到这一点。

但除了这个问题,还有其他无数类似的问题,我没有那么多时间讲清楚。

我的四个儿子和两个失去双亲的孙儿已经回到了各自的房间里。妻子独自陪在我身边,送旧迎新,踏入下一个千禧年。

我陷入沉思,琢磨着小孙子偶然间说出的话。他还小,是个前途无量的六边形,极其聪明,角度也非常完美。我和他的叔伯们一直给他上视觉辨认的实践课程。我们绕着自己的中心旋转,时而快些,时而慢些,然后问他知不知道我们的位置。他的回答总是很令人满意,于是我忍不住给他一些几何方面的算术提示,以资鼓励。

以9个正方形为例,每个正方形边长有一英寸。我将这些正方形放在一起,拼成一个大的正方形,每边长3英寸。借此,我就向小孙子证明,即便我们看不穿正方形的内部,但我们只需要简单地算出正方形的单边长度有几英寸,就可以算出它有几个平方英寸。"这样,"我说,"我们就知道如果一个正方形边长3英寸,他的平方就是3^2或者9平方英寸。"

这个六边形小家伙儿想了一会儿告诉我:"可是您也教过我如何计算三次方。我想,3^3在几何中一定意味着什么。这个数字是什么意思啊?""完全没有,"我回复他,"至少没什么几何意义，几何只有两个维度。"我做起了演示，让孩子看看一个点在移动3英寸后，如何形成一条3英寸的直线。这个直线用数字3表示。又让他看看一条3英寸长的直线，如果平行移动3英寸，如何形成一个边长3英寸的正方形。这个正方形用3^2表示。

看完我的演示，我的孙子又回到了他的疑问上。他突然拉着我喊道："那么，如果一个点移动3英寸就形成一条3英寸长的线，表现为数字3；而一条3英寸长的直线平行移动，形成一个边长为3的正方形，用数字3^2表示。如果这个边长为3的正方形继续移动，和自己平行，一定会形成一个每边长3英寸的东西。虽然我不知道如何与自己平行，也不知道这个东西是什么，但这个东西一定可以用3^3表示。"

"去睡觉吧，"我不是很喜欢被打断，对他说道，"少说这些没用的，多记一些有用的。"

我的孙子觉得有点丢脸，回了房间。我坐在妻子身旁，努力回顾1999年，展望2000年，但那个聪明的六边形小家伙还在我脑中叽叽喳喳，脑海中盘旋着他的念头，甩都甩不掉。半小时沙漏计时器中只剩下几颗沙子了。从遐想中醒来，我最后一次将沙漏倒转过来，朝着北边。这是第二个千禧年最后一次倒转沙漏了。我随即大喊了一声："这个男孩是个傻瓜！"

随即，我立刻意识到房间里突然出现了一个人。一股寒意从脚底升起，吓得我浑身颤抖。妻子冲我喊："他才不是傻瓜！你这么羞辱自己的孙子，是违反诫命的。"但我无暇顾及她。我四下张望，没有发现什么异常，但我还是感觉到我身边有一个人。冰冷的话语再次在我耳边响起，我打了个寒战，突然站起身。妻子问我："怎么了？房间内没有风，你在找什么？这里什么也没有。"是啊，什么也没有。我坐了回去，又喊了一声："我说！这个男孩是个傻瓜！3^3在几何学中没有任何意义。"耳边立刻传来一个回答，清晰可闻："这个孩子可不傻，3^3显然具有几何意义。"

我和妻子都听到了这个声音，虽然她不知道这句话的含义，但我俩都蹦向了声音的方向。看到眼前出现的人影，我和妻子都非常害怕！这个人从侧面乍一看是位女性，但稍微观察了一会儿，我发现她的端点很快就变暗了，那就肯定不是女性。我本以为这是个圆形，但他的变化幅度很大，比我见过的规则圆形或不规则圆形都大。

妻子的见识不如我广，也不够冷静，她注意不到这些细节。她也不问缘由，莫名其妙就嫉妒起来了。女性总是这样。她马上断定有女性从房屋缝隙中进了房里。"这个人怎么会在这里？"她尖叫，"你答应过我的，亲爱的。我们的房子里没有通风口。""确实没有，"我说，"你怎么会认为这个陌生人是女性呢？我刚才用视觉辨认法……""打住吧！我不想再听你说什么视觉辨认了，"她说，"触觉即一切，触觉之于直线好比视觉之于圆形。"这两句谚语，是平面国女性秉持的真理。

"好吧，"我怕惹她生气，说道，"如果你认为是这样的话，彼此做个介绍吧。"我的妻子端正姿态，极尽优雅地朝陌生人走去："女士，请您允许我触碰您，我也可以接受您的触碰……"随即，妻子突然向后退了几步："天啊！这不是女性，他也没有角，一个也没有。我刚才居然对一个完美圆形这么不礼貌吗？"

"从某种意义上来说，我确实是个圆形，"这个声音回答了我妻子说的话，"我比平面国所有圆形都来得圆。但更准确地说，我是无数圆形的结合体。"他又温和地开口："尊敬的夫人，我有句话要对您的丈夫说，但不大方便对您说。如果您能给我们几分钟时间……"我的妻子不愿让贵客感到不便。她告诉圆形，说她早该回房休息了。数次为自己的鲁莽道歉后，她回到了自己的房间。

我看了一眼沙漏。最后一粒沙子落下，步入了第三个千禧年。

第十六章
这个陌生人试图向我阐释立体国的奥妙，也以失败告终

妻子回房间后，我就听不见她的声音了。我走近这个陌生人，想近距离看看他，而后我邀请他坐下。但他的模样把我吓傻了，动也不敢动。我从他身上看不出任何角度，但他的形状和亮度每一刻都发生着变化。从我的经验来看，这是完全不可能的。脑海中闪过一个念头：我面前站的，该不会是个窃贼或者杀人犯吧？这可能是个不规则的等腰怪物，模仿圆形的声音，不知怎么就进了我的房子，现在想用他的尖角刺我。

我家的客厅里没有雾气，恰逢干燥的季节，加上我和陌生人的距离还这么近，于是我不怎么相信视觉辨认法。我很害

怕，也有点绝望，我不再拘泥于礼仪，冲上前："先生，请您允许我……"我触碰到他了。我的妻子没有说错，他身上一个角都没有，连一点点的粗糙或不平都没有。我生平从未见过如此完美的圆形。我从他的眼睛开始，围着他绕了一圈。他一动不动。他全身都是圆的，毫无疑问，他的形状简直太完美了。接下来我会尽量重现一段对话，不过我略过了一些不停向他道歉的内容，因为我为自己的行为感到羞耻。作为一个正方形，我居然无礼地触碰了一个圆形。陌生人对我冗长细致的触摸感到不耐烦，对话就这么开始了。

陌生人："摸够了吗？你是不是该向我介绍下自己了？"

我："尊敬的阁下，请原谅我的不当行为。我并非不了解上层阶级的礼仪，我只是因为您的突然拜访感到有点惊讶和紧张。我恳求您不要将我的鲁莽告诉别人，尤其是我的妻子。但我们在开始谈话之前，您能不能满足我的好奇心，我真的很想知道您是从哪里来的？"

陌生人："我来自立体世界。立体世界，先生，不然我还能从哪儿来呢？"

我："请见谅，阁下。阁下此时所在的，不正是立体空间吗？阁下和鄙人，此刻不就在立体空间吗？"

陌生人："胡诌！你对立体世界的了解有多少？告诉我，什么是立体世界。"

我："阁下，立体世界是无限延长的高度和宽度。"

陌生人："果然，你连立体世界是什么都不知道。你的世界里只有两个维度，但我要告诉你的是，还有第三个维度，就是长度。"

我："阁下说笑了。我们也讲长度和高度，或者宽度和厚度。这四个名字是用来形容二维空间的。"

陌生人："但我不单单指这三个名字，而是说，三个维度。"

我："阁下，我不知道什么是三个维度，您可以解释给我听吗？"

陌生人："我是从三维世界来的。第三维度有上、下两个朝向。"

我："听起来，阁下说的似乎是南北向。"

陌生人："不是。我说的方向你看不见，因为你的边上没有眼睛。"

我："抱歉打断您，阁下。只要您观察一下，就会发现我两边结合的地方有一处光源。"

陌生人："我可以看到你边上的眼睛。但若要了解立体世界，你还需要一只眼睛，一只长在你面上的眼睛，而不是你的边上。也就是说，你的内部。不过立体国人管这个叫'面'。"

我："在我的内部长一只眼睛！意思是我的肚子里！阁下，您一定是在开玩笑吧。"

陌生人："我没什么心情开玩笑。我跟你说我来自立体世界，不过你好像不理解什么是立体世界，那我换个说法，体’，也就是‘四边封闭’的物体，比如你们的房屋、教堂、箱笼、保险箱等，甚至连你们的内部和肚子我都能看见，毫无遮掩。”

我：“这种话谁都会说，阁下。”

陌生人：“但难以证明是吗？不过，我可以证明我说的话。

“我来到平面国的时候，看到了你的四个五边形儿子，他们都待在自己的房间里。你的两个孙子是六边形。我看到你的六边形小孙子在你身边待了一会儿，然后回了自己的房间，留你和你的妻子待在一起。我还看到了你的三个等腰仆从在厨房里吃着晚餐，小仆从在洗碗。然后我来到你面前，你觉得我是怎么来的？”

我：“我猜，是从屋顶上。”

陌生人：“不是。你也知道你最近刚修过屋顶，且修理得严丝合缝，连平面国的女性也钻不进来。我跟你说我来自立体世界，还说了你的孩子和你家里的情况，这些还不够吗？”

我：“阁下，您也清楚，这些类似仆从的信息像阁下这般信息渠道丰富的人，通过邻里就能够轻易查清。”

陌生人自言自语：“我要怎么做呢？嗯，我又想到了一个说法。”

而后陌生人继续对我说：“当你看到一条直线线段，比如你的妻子，你觉得她属于哪一个维度？"

我："阁下可能觉得我是个俗人，不懂数学。觉得我会认为女性只有一条直线线段，她们当然属于一维空间了。但并非像您想的那样。我们正方形还是很聪明的。我们也像阁下一样清楚知道女性虽然被称作一条直线线段，但从科学角度来看，她们是底边很长、高度很短的平行四边形。她们也像我们一样，拥有长度和宽度，或者说厚度，属于第二个维度。"

陌生人："但是，我们能看见线条，本身就说明了它还有另外一个维度。"

我："阁下，我刚刚提到女性有宽度也有长度。我们可以根据看到的长度，推断出她们的宽度。尽管宽度很小，但还是测量得出来的。"

陌生人："你没有听懂我的话。我的意思是说，当你看到女性的时候，除了推断出她的宽度，你还需要看到她的长度，并且，你还会看到另一个度，即立体国叫作'高度'的东西。尽管高度在平面国小得几乎看不见，但如果一条线段只有长度而没有'高度'的话，我们就看不见它了，因为这条线段不占据任何空间。我想您一定听清楚了吧？"

我："阁下，很惭愧，我没听明白您在说什么。当我们在平面国看到一条线段的时候，我们看到的是它的长度和亮度。如果亮度转暗，线段就看不见了，就会变得像您说的一样，不占据任何空间。但我能不能这么理解？阁下将亮度划归成一个维度，是否平面国所谓的'亮度'就是立体国人口中的'高度'呢？"

陌生人："完全不是。我说的'高度'就像你们的长度一样，是一个维度。只是对你们而言，'高度'不是那么容易察觉，因为你们的高度太短了。"

我："阁下，您的方法很容易验证。您说我有第三个维度，也就是您所谓的'高度'。那么，维度意味着方向和测量，您只需要测量出我的'高度'或者简单指一下我的'高度'在哪里，我就会相信您。否则，请原谅我无法相信阁下的话。"

陌生人又对自己小声说："两种方法我都做不到。我要怎么说服他呢？啊，我只要简单陈述事实，然后通过目视来证明就够了吧。"

他又转向我："先生，听我说。

"你住在一个平面上。我可以把你们的平面国看作一个巨大的水平表面，或者液面。你和你的同胞在这个平面上移动，无法上升也无法下降。

"我的身体不是平面的，而是立体的。你说我是个圆形，但其实我不是，我是由无数个圆形组成的，大小不一，小至一个点，大到直径为十三英寸的圆形，层层叠加。我从你们平面上行走的时候，就像我现在做的这样，你们的平面就会在我身体上划分出一个截面，就是你们所谓的圆形。因为即便是一个球体，在向平面国居民展示自己形态的时候，看起来也是个圆形。'球体'二字是我们立体国的专有名词。

"你记不记得我什么都可以看到？我昨晚还看到了你梦见线条国的景象。记得吗？当你进入线条国领土时，你不得不向他们的国王展示你自己，但你无法证明自己是正方形，在他们的眼里，你就是个线条，因为直线视界的维度不够，无法将你完整地显示出来，只能显示你的一部分。同理，你的国家只有两个维度，也不足以显示我，因为我有三个维度，但你也只能看到我的一部分，就是你们所谓的圆形。

"你的眼神没之前那么亮了，说明你不相信我的话。别急，我马上就给你看证据。你每一次看我都只能看到我的一部分，也就是一个圆形，因为你的视线无法越过平面国的平面。但你至少可以看到，当我在立体世界中上移我的位置时，你眼中的我变小了。现在我上移了，你就会看到我的圆形越来越小，直至变成一个小圆点，最终消失在你的视线中。"

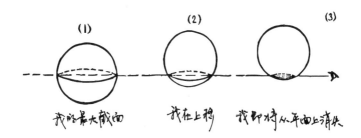

我没有看到他"上移"，但他变得越来越小，最后消失了。我眨了眨眼睛，看看自己是不是在做梦。但这不是梦。我听到某处传来空旷的声音，仿佛从我心脏附近发出来的一样。

"我消失了吗？你总该相信了吧？现在我要慢慢回到平面上来了，你会看到我变得越来越大。"

立体国的每个读者都能够轻而易举地知道，这位神秘来客说的是真的，也会发现他说的东西真的很简单。虽然我精通平面国的数学，但这对我来说一点也不简单。上面这张图有点粗糙，但能够让立体国的孩子清楚知道我画的是球体上升的不同位置，在平面国人的眼里看起来就是一个圆形。第一个图形是球体中面积最大、最完整的圆形，然后小一些，最后一个圆形就更小了，跟一个小点差不多。但对我来说，尽管事实摆在眼前，但我还是搞不懂背后的原理。我能理解的是，之前这个圆形变得越来越小，甚至消失了，可现在又出现了，还迅速变大了。

当他恢复到原来的体形时，深深地叹了一口气。因为我的沉默告诉他，我听不懂他的话。其实我有点相信他完全不是圆形了，我觉得他是个很厉害的杂耍人。我听过一些关于巫师和魔法师的传说，万一这些传说是真的呢？

沉默了很久，他又自言自语了起来："如果演示没有用，那就只有一个办法了。我必须做个类比。"于是，沉默了更长一段时间后，他开口了。

球体："数学家先生，告诉我，如果一个点朝北移动，留下一道发光的痕迹。你会怎么称呼这条轨迹？"

我："一条直线。"

球体："一条直线有几个端点呢？"

我："两个。"

球体："设想一下，这条朝北的直线朝东西方向移动，与自己平行，而后每一个点都在后面留下一道直线的痕迹，形成一个图形。那这个图形是什么呢？假设朝东西方向移动的距离和直线本身一样长。这个图形叫什么呢？"

我："正方形。"

球体："正方形有几条边、几个角呢？"

我："有四条边、四个角。"

球体："再想象一下，平面国有一个正方形，它向上移动，和自己保持平行。"

我："什么？朝北移动吗？"

球体："不是朝北，是向上，完全离开平面国的那种。

"如果它朝北移动，那么这个正方形靠近南边的两个点，就必须穿过原先北边两个点的位置。我不是这个意思。

"我的意思是你体内的每一个点……因为你是个正方形，我拿你做类比会比较直观。那么你体内的每一个点，也就是你所谓的内部，都需要向上移动才能形成立体空间。在移动的过程中，你的四个点都不应该经过其他点之前所在的位置，每个点留下的轨迹都是一条独立的直线。我简单做了个类比，希望你能听懂。"

我努力克制自己的情绪，因为我真的很想不管不顾地冲向我的来访者，把他赶到他的立体世界去，或者赶出平面国，哪儿都可以。我不想再理他了。于是我回答他：

"你刚才一直用'向上'这个词来描述你提到的运动，那这种运动画出来的又是什么图形呢？我希望你能用平面国的语言解释。"

球体："当然啦，答案简单明了，我们还是用类比来解释。不过，顺便说一句，这种运动形成的不是图形，而是立体。我跟你解释一下……算了，还是继续类比吧。

"我们从一个点开始。不过它既然本来就是一个点，那它也就只有一个端点。

"一个点衍生出一条直线，这条线有两个端点。

"一条线衍生出一个正方形，这个正方形有四个端点。

"1、2、4，你心里已经有答案了，很明显的几何级数。那下一个数字是什么？"

我："8。"

球体："这个正方形随后又会衍生出一个有着八个端点的物体。你们对这个物体还没有概念，但在立体国，我们叫它立方体。现在你理解了吗？"

我："这个生物也有边和角吗？还有你刚才提到的'端点'？"

球体："当然，一切都可以通过类比展示。不过，不是你们所谓的边，而是我们所谓的面。你们可以称其为'立体'。"

我："如果我的内部'向上'移动，形成你所谓的'立方体'，那这个立方体会有多少个立体，或者说多少个面呢？"

球体："你怎么问得出口？你可是个数学家！如果我可以这么说的话，任何事物的面，背后总有一个维度。所以，因为点没有任何边，所以没有维度；又或者出于礼貌，我可以勉强将直线的两个点称作它的两面，那么，直线便有两面；再或者，正方形有四条边。那么，0、2、4，这又是什么级数？"

我："等差级数。"

球体："那接下来的数字是什么？"

我："6。"

球体："没错！你自己找到答案了。你最终演变出来的立方体，将有六个面，也就是说，你的六个内部。现在你明白了吧？"

"胡说！"我尖叫道，"我管你是巫师还是魔术师，也不管你是梦境还是魔鬼，我不接受你的嘲弄了！不是你死，就是我死！"然后我冲到他跟前。

第十七章

这个球体是如何在语言尝试无果后，付诸行动的

　　我用最坚硬的那个顶角，用力地撞向这个陌生人，使尽浑身解数压在他身上，这股劲儿足以摧毁大部分圆形。但我失手了。我感觉到他慢慢从我的束缚中溜走，挡都挡不住。他既不是向左走，也不是向右走，而是离开了这个世界，消失得无影无踪。很快，我的眼前就没有人了，但我还是能听到这个入侵者的声音。

　　球体："你为什么听不进我的解释呢？我觉得你有见识，还是个成就斐然的数学家，我曾希望将你发展成三维世界的信徒，传扬三维世界的福祉。我每一千年才能传扬这种福祉。但

我不知道如何说服你。别动，听我说。唯有行动才能说清真理，语言没有用。朋友，你听我说。

"我告诉过你，我在立体世界，就可以看到一切事物的内部，包括那些你以为屏蔽了视线的事物。比如，我看见你旁边的碗柜里有几个盒子。这是你们平面国的叫法，但就像平面国的其他东西一样，这些盒子既没有盖子，也没有底。盒子里装满了钱。我还看到了两本账本。我准备现在下降到碗柜旁，拿一份账本给你。我半小时前看到你锁碗柜了，所以我知道钥匙在你手里。但我从立体空间降下来，你看，这边的门没有动过。我现在在碗柜里拿账本。我拿到了。现在要带着账本上移了。"

我冲到壁橱前，猛地把门推开。其中一份账本不见了。陌生人嘲弄地笑了一声，出现在了房间的另一角。与此同时，账本出现在了地面上。我将它捡起，毫无疑问，就是刚才丢失的那一本。

我觉得很可怕，一边哼哼着，一边怀疑自己是不是失去知觉了。陌生人继续说："你这次肯定知道我在说什么了，我的说辞能够解释这种现象。记住，是我的解释。你们所谓的'立体'事物太肤浅了，你们所谓的'立体'只是广阔的平面而已。在我们的立体世界中，向下看的时候可以看到事物的内部，但你们只能看到事物的外部。如果你鼓足勇气，你也可以靠自己的力量离开这个平地。稍微上移或下降就能看到我的视界里有什么东西。

"我上移得越高，离你所在的平面越远，也就能看到更多东西，不过我看到的东西要比你看到的小多了。比如我现在正在上移，我可以看到你的六边形邻居和他的家人待在几处房间里。我现在看到剧场内部了。剧场离这儿有十扇门，观众正要从里面出来。另一边的一个圆形正在他的书房里看书。然后我现在看向你。我可以碰一下你的肚子吗？就稍微碰一下，这个证明比较有说服力。不会伤害你的，也就有点痛，但你能收获更多精神上的好处。"

我还没来得及拒绝，就感到内部传来一阵剧烈的疼痛，同时听到我的身体内部发出了魔鬼般的笑声。过了一会儿，剧痛停止了，就余下隐隐的疼痛。这次，陌生人又缓缓出现了，越来越大："呐，我没有伤害你吧？如果你还不信，我不知道该怎么说服你了。你怎么说？"

我决定了。这个魔术师不打招呼就上门拜访，还用别人的胃来恶作剧，简直忍无可忍，如果我能把他抵在墙上等待救援就好了。

我再一次竭尽全力向他冲去，同时大声向家人呼救。我相信在我行动的那一刻，这个陌生人已经沉到我们的平面以下，很难再上移了。不过他一点也没有被撼动，我以为我听到援兵的声音了，就用双倍的力量抵住他，继续大声呼救。

球体打了个寒战。"不应该是这样的，"我应该没听错他说的话，"要么他听得进道理，要么我只能动用最后一个办法了，一切都为了传播文明。"于是他提高音量，着急地喊道：

"听着！其他人不可以看到这个场景！趁你妻子还没有过来，让她回去。三维世界的福祉不能受到破坏。这可是我等了一千年才换来的成果，不能白白浪费。我听到她的脚步声了。回去！回去！离我远点，要么你就只能和我一起离开，前往一个你从未到过的地方，也就是三维世界的国度！"

"傻瓜！疯子！不规则劣等图形！"我叫出声，"我不会放过你的！你要为你的冒名顶替付出代价！"

"哈！是吗？"陌生人朝我怒吼，"那你准备好离开这个平面吧！一、二、三，出发！"

第十八章
我怎么去的立体国，以及我在那儿的所见所闻

一种说不出的恐惧攫住了我。我眼前先是一黑，然后感到头晕、恶心，我眼前看到的东西不像我视线里应该出现的东西。线不是线，空间不是空间，我是我自己，又仿佛不是我自己。我终于回过神，痛苦大喊："要么这个世界疯了，要么这里是地狱！""两者皆非，"球体很冷静，"这是知识。是三维空间。你再把眼睛睁看，定住心神看看吧。"

我定住心神看了一眼，居然看见了一个新世界！我往日所推断的、所猜想的、所憧憬的圆形之美，如此完美，全都清晰地呈现在了我面前。我可以看见陌生人的内部，没有心脏、

没有肺、没有动脉，只有一个极具美感又极其和谐的存在，我找不到语言来描述这个存在，但你们这些立体国的读者称之为"球体"。

我的内心深处已然向这位导引者俯首称臣了："噢，您居然是这么理想的存在，又可爱又充满智慧。为何我能看到您的内部，却看不到您的心脏、肺、动脉，和肝脏呢？""你以为你看见了，其实你没有，"他回答说，"任何人都看不到我的内在部分，并不是针对你一人。我和平面国人不是一个物种。如果我是圆形，你可以看到我的肠道，但我不是。就像我之前跟你说过的那样，许多圆形合为一体，组成了我。我这个族群在我们国家，称为'球体'。就好比立方体的外面是正方形一样，球体的外在呈现是个圆形。"

我被老师高深莫测的答案弄糊涂了，但我不再感到烦躁，而是默默崇拜起了他。他继续开口，声音很温和："如果你一开始没办法深入了解立体国的奥秘，不要苦恼。你渐渐就会明白了。我们先去你来的地方看看。跟我一起回平面国的平面看看吧，我向你展示你从未用视觉看到过的东西，虽然你经常进行推理和思考，但你肯定没有看过角，我带你看看吧。""不可能！"我大喊出声。但球体走在前面，我跟在他身后，仿佛做梦一般。直到他的声音把我拉回现实："往那儿看，看看你的五边形房子，和房子里的亲人。"

我向下看，终于通过肉眼看见了家人的长相。这是我第一次见到他们，此前我只能靠猜测来推断他们长什么样。与我

从三维角度看平面国

此时所能看到的现实相比，过去仅靠推断看到的景象也太贫乏了，也很模糊。我的四个儿子安静地睡在西北向的房间里；两个失去双亲的孙子睡在南边；仆从、管家、女儿都各自在自己的房间里。只有我那柔情的妻子，因为一直没有看到我觉得有点心慌。她离开了自己的房间，在大厅里走来走去，焦急地等待着我回来。小侍从被我的尖叫声吵醒。他借口要找我，确认我是不是昏倒在了什么地方。他离开了房间，此刻正在书房中窥探我的柜子。我真的可以"看到"了，而不是只能靠推断。我们越走越近。我甚至能清楚看到我柜子里的东西，有两箱金子以及球体之前提过的账本。

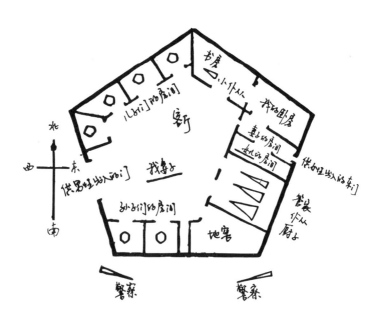

不忍心看妻子着急，我本想降下去安慰她，但我发现自己动不了。"别操心了，"我的导引者说道，"她不会担心太久的。我们来观察下平面国吧。"

我又开始觉得自己在空间中上移了。正如球体说的那样，我们离看到的东西越远，视线所及的范围就越大。我的家乡、每一座房屋的内部结构、每个生物，在我的眼前都成了一个又一个缩影。我们上移得越来越高了，看！地面上的秘密一览无遗，我可以看到矿坑的深处、山丘的洞穴，全都展现在了我的眼前。

我居然能看到平面国大地的奥秘，这太令人惊叹了，我又怎么配看到这么美好的景象呢？我告诉我的同伴："看！我感觉自己成神了。平面国的智者总说，可视万物，或者无所不知，是神明独有的属性。"我的老师语带轻蔑："是吗？那照你们这么说，立体国的扒手和杀人犯在你们的智者眼中也是神明了？他们看到的可都不比你少。相信我，你们的智者说错了。"

我："那……神以外的物种也可以具备无所不知的能力吗？"

球体："我不知道。不过既然立体国的扒手和杀人犯可以看到你们国家的一切，我觉得没理由将他们当成你们的神明。你说的'无所不知'，这个词在立体国很少见，这个词会让你更公正、更仁慈、更无私、更有爱心吗？并不会。这样的话这个词的神性要如何体现呢？"

我："'更仁慈、更有爱心'，这不就是女性的品质嘛！我们知道圆形阶级这种生物比直线更高级，因为知识和智慧比感情更值得尊重。"

球体："用知识和智慧来划分人类吗？我不愿意这么做。不过在立体国，大多优秀聪明的人更看重感情，而不是知识。就像你们所鄙夷的直线，我们会更喜欢他们，而非你们赞颂的圆形。不过不多说了。看那边，你看过那个建筑吗？"

我朝他指的方向望过去，远远看见一座巨大的多边形建筑，我认出那是平面国大会堂，周围紧紧密密地环绕着五边形建筑，相互形成直角，还形成许多线条。那些线条是平面国的街道。而后我发现我正缓缓接近首都。

"我们从这儿降下去。"我的导引者对我说。现在还是早晨，是平面国纪元2000年第一天的第一个小时。按他们的习惯，平面国最高级的圆形阶层需要严格遵照旧例举行闭门会议，他们在1000年第一天的第一个小时也这么做了，就连纪元0年的同一个时间点也是如此。

有一个完全对称的正方形正在宣读过往的会议记录，我一下就认出了这是我兄弟，他是高级议会的首席秘书。每一次会议都会宣读同样的内容："各州一直深受各方恶意人士的困扰。他们假装收到来自另一个世界的启示，声称要制造示威活动，意欲煽动自己和他人。鉴于此，大议会一致决定，在每个千年的第一天向平面国几个地区的长官发出特别禁令，严格搜查受误导的人。若有发现，无须经过正规数学测试，就可以将任何角度的等腰阶级就地斩杀、对任何规则三角形实施鞭打和拘禁、将任意正方形或五边形送往当地疯人院，对级别更高的人则进行逮捕，送到首都接受议会的审查和审判。"

"你听到了，这就是你们的命运。"球体对我说。这时议会正准备通过第三次正式决议，"这位三维空间福祉的使者，将迎来死亡或者监禁。""不会的，"我回答说，"我现在已经完全理解了，我清楚知道什么是立体空间，觉得自己也可以跟孩子讲清楚了。请允许我降下去开导他们。""还不是时候，"我的导引者说道，"会有机会的。我也该完成自己的使命了。待在这儿别动。"话音刚落，他身形灵巧，纵身跃入平面国的海洋中，虽然我不知道这么称呼这块土地是否合适。他一头扎进了那一堆议员中间。"我来这儿，"他大声喊道，"是想告诉你们，在你们的世界之外，还有三维空间。"

球体的圆形截面在这些议员面前越来越大，许多年轻的议员惊恐异常，不断向后退。不过，主持会议的圆形丝毫不觉得惊讶和害怕，他挥挥手，六个低阶等腰从六个不同的角落出现了，冲向球体。"我们抓住他了，"他们叫道，"不。啊，对，他还在我们手上！他要逃了！他逃走了！"

"诸位，"议会主席对议会的年轻圆形成员说道，"无须惊讶。我在秘密档案中看到过，在前两次千禧年伊始的会议上也出现过类似情况，但这个档案只有我能看到。不过你们一旦出了内阁，也不得讨论这些事情。"

他提高音量，叫来了卫兵。"抓住这些警察，堵上他们的嘴。你们知道自己应该做什么。"他发落了这两个倒霉的警察，迎接他们的将是被审判的命运，因为他们被迫目睹了不该知道的国家机密。而后议会主席继续向议员发言："诸位，会议到此结束。谨祝诸位新年快乐。"散场前，他走向首席秘书，也就是我那位优秀但又不幸的兄弟，向他详细地解释：依照先例，为保密起见，他必须判处我的兄弟终身监禁。为此，议会主席说他对此深表遗憾，同时又说，只要我的兄弟对当天的事情保持缄默，就可以活命。

第十九章

球体向我展示了立体国的其他奥秘，
但我仍然渴求更多，结果如何

　　我可怜的兄弟就这么被送进了监狱。我试着跳进议会厅，想为他求情，或者至少跟他做个告别。但我发现我自己动不了。我的行动完全取决于导引者的想法，他压低声音："先别管你的兄弟。希望你以后能有足够的时间来慰问他。跟我来。"

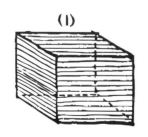

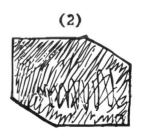

我们再一次上移，进入了立体空间。"到目前为止，"球体说道，"我才向你展示了平面图形和他们的内在构造。现在我带你看看立体，跟你说说他们的构造原理。这边有一些可以移动的正方形卡牌。呐，我把一张卡牌放在另一张卡牌上，但不是你想的'北面'，而是在'上面'。我再放第二张、第三张。你看，我将这几张卡牌平行叠放，让它们形成了一个立方体。立方体搭好了，它的高度、长度和宽度一样长，这就是我们所谓的'立方体'。"

　　"阁下，请见谅，"我回复他，"但是在我看来，这个物体很像一个不规则图形，只不过他的内部没有封闭起来罢了。换句话说，我觉得我看到的不是立方体，而是像平面国一样的平面。唯一的区别就是这个图案是不规则的，这象征某种可怕的罪行，所以我一看到这个物体就觉得很痛苦。"

　　"不错，"球体说着，"你觉得这是一个平面，因为你还没有习惯光、影，还有透视。就像在平面国的六边形在不会视觉辨认法的人看来，就是条直线。但这个物体真的是个立方体，你应该可以通过触觉摸出来。"

　　然后他给我介绍了立方体。我发现这个神奇的物体确实不是个平面，而是个立体。这个立体有六个平面和八个称为立体角的端点。我还记得球体跟我说的话，他说这种生物是由正方形在立体空间移动形成的。移动过程中，正方形全程和自己保持平行。从某种意义上来说，我这么不起眼的生物居然可以拥有立方体这么杰出的后代，我觉得很高兴。

不过我还是没办法完全理解老师说的"光""影"和"透视"。我立即就提出了这个问题。

球体给我做了简洁明了的解释，不过他说的这些东西对于立体空间的人而言有些乏味，因为他们对这一切很熟悉。他向我做了清晰的陈述，改变了物体和光的位置，还让我触碰了不同物体，包括他神圣的身体，我终于搞明白了。现在我已经可以轻松地在圆形和球体、平面图形和立体之间做出区分了。

这是我奇特人生的巅峰，是我的极乐之境。往后，我的人生将一路悲惨下去，虽然我根本不该落到那种境地！我激起了对知识的渴望，但又因此遭受了惩罚，我很失望，事情为什么会这样呢？想到我受过的屈辱和痛苦，我退缩了。我感觉自己是另一个普罗米修斯①，不论以什么方式，如果我能激起平面和立体人民内心的反抗，反对将维度限制在二维或三维的框架内，反对向无穷大以外的数字施加限制，那么我愿意忍受这一切，哪怕境况再糟糕也无所畏惧。那就抛开一切个人顾虑吧！我要像开始时那样，沿着平实的历史道路走到底，不再离题，也不再展望未来。清楚的事实，确切的话语，都已然深深印在了我的脑海里。我要将这些内容原汁原味地写下来，就让读者在我和命数间做个判断吧。

球体很乐意继续教我。他乐于向我灌输所有规则立方体、圆柱体、圆锥体、锥体、五面体、六面体、十二面体和球体的

---

① 普罗米修斯：希腊神话人物，他将火种带给了人类。

构造。但我鼓起勇气打断了他。这并非我不想学习知识。事实正相反，我渴求更多的知识，我渴望学到更多东西，比他先前教给我的还要多。

"抱歉，"我说，"我无法再将您称作'至臻完美'的存在了，但能否让您忠诚的拥趸，看看您的内部。"

球体："我的什么？"

我："您的内部，比如您的肠胃。"

球体："你怎么会提出这个无礼的要求？这不合时宜。再说，什么叫我不再是'至臻完美'的存在了？"

我："阁下，受您的智慧所启发，我想要追求比您更伟大、更美丽，也更趋近完美的人。正如您一样。您比平面国的所有的形态都来得优越，是许多圆形的整合体。所以毫无疑问，肯定还存在一个由许多球体组成的超级物质，甚至有可能是个超越立体国立体物质的存在。即便我们现在在立体空间，向下望即是平面国，还能看到所有平面国人事物的内部。所以肯定还有比我们更高、更纯澈的地区，这必然也是您的心之所向，是您想带我去往的地方。不管在何地，不论我们身处什么维度，我都尊您为我的神、哲学家和朋友。不过我觉得还有更广阔的立体空间，也有更多维的世界，他们所处的世界更加优越。向下望，他们也可以看到立体事物的内部，比如我们的肠胃还有和您相似的球体都一览无遗。我是一个来自平面国的放逐者，卑微可怜，您已经让我看到这么美好的二维世界了，恳请您再带我看看其他维度的空间吧！"

办法让我看到四维空间。就像在二维世界的时候，您曾想方设法让您盲目的拥趸看到了隐形的三维空间。如果没有您，我连三维空间也看不到。

"我回忆一下。在平面国的时候您教导我，当我看到直线并从直线推断出平面的时候，其实就已经看到三维空间了，只是我没有认出来而已，不是吗？您告诉我，三维空间和亮度不一样，它应该被称作'高度'。以此类推，我看到平面，推出了一个立方体，此时我看到的应该就是四维空间了，只是我又没有认出来而已。这个四维空间不是颜色，又小得难以测量，但肯定也是真实存在的。

"除此之外，我还学了类比论证。"

球体："类比！胡说，哪有什么类比？"

我："阁下肯定是在试探鄙人，看看我是否记得先前得到的启示。阁下，请不要小瞧我。我渴求知识，我渴望更多知识。我知道我们现在看不到比立体国更高的世界，是因为我们的肠胃中没有眼睛。但就好比，即便线条国弱小的国王无法向左看也无法向右看，所以他看不到我们的平面国，但平面国这片土地就在这里。又好比我们现在所在的三维国度，虽然我又盲目又蠢笨，碰不到也看不到，但三维空间也还是在这里。所以，我觉得四维空间一定是存在的。阁下教我将思想当作眼睛探索世界，您不妨也试着用这个方法来探索四维空间。这是阁下亲自教我的，难道您忘了吗？

"在一维空间中，一个移动的点能够衍生出一条拥有两个阶生物的来访？就像您进入我的房间那样，不需要打开门窗，就可以随意出现和消失？为着这个问题的答案，我愿意赌上一切。如果你的答案是否定的，那我便从此噤声。我恳求您告诉我答案。"

球体沉默了一会儿："据报道记载，确有这回事。不过人们的意见相左。即便有些人接受这一事实，他们也会用不同的方法来解释。无论如何，不管有多少种解释，第四维度理论迄今为止都还没有被接纳，也没有人提出。所以，不聊这些琐事了吧？我们回到正题上来。"

我："我很笃定，我笃定我的猜测会实现。老师，我亲爱的老师，我恳求您再耐心回答我最后一个问题！那些人曾经在三维世界出现过，又离开了三维世界，没有人知道他们自何处来、向何处去。他们是否也缩小了自己的身体，而后消失在一个更为广阔的立体空间里？就是我希望您带我去的那个地方？"

球体郁郁寡欢："如果他们曾经出现过的话，他们肯定已经消失了。但大多数人说，这些只是大脑的幻想，这一点你理解不了，也可能是声称看过的这些人搞错了。"

我："他们是这么说的吗？不要相信他们。又或者，倘若正如他们所说，那这些人所在的世界应该就是思想国了。那我想请您带我到这个神圣的地方。在那儿，我应该能看到一切立体物体的内部了。在我的眼前将呈现出一个立方体，它朝着一个完全不同的方向移动，但严格遵照类比的话，他内部的每一

122

第二十章
球体是如何在梦境中鼓励我的

　　我只有不到一分钟的时间来思考，但出于本能，我觉得我必须对妻子隐瞒我的经历。倒不是说我担心她会泄密，从而使我陷入危险，只是我知道平面国的任何女性都很难理解我的冒险故事，所以我编造了一个故事让她安心，我说我不小心从房间的活板门里掉进了地窖，躺在地上昏迷了好一会儿。

　　平面国向南的引力太过微弱，所以即便对于女性而言，我的故事也是非同寻常的，她们一定会觉得难以置信。但我的妻子有着超乎平均女性水平的判断力。她看得出我异常兴奋，是自己的宇宙。他对自己以外的所有东西都没有概念。他不知道长，不知道宽，更不知道高，因为他完全没有这种体验。他甚至都不认识数字2，因为他没有学过复数，毕竟他自己就只有一个，他所拥有的也就这么多了，再无其他。不过他很擅长自我满足，你要注意到这一点，从中吸取教训。自我满足既可耻又无知，对知识的渴求远比盲目却无能的快乐来得有价值。听着。"

他停了下来。这个嗡嗡作响的小生物发出了清晰的叮当声。声音小小的，有点低沉，语调很单一，这声音和立体国留声机发出来的声音很像。我听到了几个字："它的存在是最美好不过的事情了。除它之外，也没有别的什么美好了。"

"什么？"我问道，"这个小东西说的'它'是什么意思？"

"他指的是他自己，"球体告诉我，"你以前有没有观察过婴儿和幼稚的人，他们没办法将自己和世界区分开，所以他们会用第三人称说话？嘘，别说话！"

"它填满了整个空间，"小家伙继续自言自语，"任何东西，一旦被它填满，就成了它。它想什么就说什么，想说什么就听什么。它集思考者、倾诉者、倾听者、思想、语言、声音为一体，它是唯一，又是集大成者。啊，幸福，存在的幸福！"

"您有没有办法让它从坐井观天的自鸣得意中醒过来？"我说，"就像您对我说的那样，告诉它真相。把一切事实摊

126

的声音，他向我诉说着梦境的寓意，鼓励我去追求真相，也希望我引领别人去追求真理。他承认，一开始听到我想去三维以上的世界看看的时候，他对我这种野心很是不满。不过之后他就有了新的看法，他不是那种骄傲得不愿意向学生承认错误的老师。而后他开始向我传授更神秘的知识，向我展示如何利用立体的运动轨迹来建立一个超立体，以及如何利用超立体来构成一个双重超立体。这所有的一切，都"严格遵照类比"。这些方法既简单又容易，就连女性也能轻松理解。

"启示"闭口不谈，直接向旁人"证明"我的所学所悟可能更合适一些。毕竟，后者看起来更简单也更明确一些，放弃前者也不会有什么损失。"向上，而不是朝北"，这句话是证明法的所有线索。入睡前，我在脑海里将这个线索理得清清楚楚。在我刚从睡梦中醒来的时候，这些线索依然如同数学一般清晰明了。但不知怎的，我现在觉得不那么清晰了。此时，妻子正好走进房间，寒暄了几句之后，我决定先不跟她说了。

我的五边形儿子们都是有名望的医生，人品和社会地位都很不错。不过他们的数学都不是很好，不适合听我宣讲福祉。但我突然想到，一个年幼、听话，又有数学天赋六边形简直再适合不过了。那么，为什么不让我聪敏过人的小孙子来做第一个宣讲对象呢？他不经意间对数字 3^3 做出的评论得到了球体的认可。他还只是个孩子，跟他讨论这件事情，我肯定是安全的。因为他对议会公告的内容一无所知。放我儿子身上的话，我就不大肯定了。他们对圆形阶级统治地位的爱护和崇敬很是盲目。如果他们发现我支持三维空间，非常维护其中极具煽动性的离经叛道，他们是否会将我交给地方长官处置？

不过，首先要做的，是或多或少满足一下我妻子的好奇心，她自然想要知道圆形阶层为什么来见我，还搞得神神秘秘的，以及他是如何进入我们的房子。我编了一个故事，细节上恐怕和立体国观众所了解的有点儿出入，我就不在这里展开了。幸好，我成功说服了她，她安静地回到家务琐事中去了，她也没能从我的话语中摸索到任何关于三维世界的信息。对此，我还是很满意的。然后我立刻喊来了孙子。说实话，我发觉我在三维世界的所见所闻，不知不觉地从我脑中溜走了，感觉一个诱人的梦境正在从我手中滑走，而我只能抓住它的半截尾巴。我希望将我所掌握的知识传递给我的第一个学生。

孙子走进房间后，我小心翼翼地锁好了门。然后我在他的身边坐下，拿起数学专用的写字板，或者用你们的话说，线条。我告诉他，我们要复习一下昨天的课程。我又演示了一遍，教他一个一维空间的点如何通过运动形成一条直线，以及一条二维空间的直线如何通过运动形成一个正方形。然后我扯了下嘴角，对他说："小家伙，你想让我相信正方形也可能通过'向上，而不是朝北'方向的运动衍生出新的图形，形成类似一种三维空间中超正方形的形态。再跟我说一遍吧，你个小家伙。"

就在这时，我们又听到了街上传来传令官的声音："啊！好的！是的，没错！"他们正在宣读议会的决议。我的孙子年龄虽小，却比同龄人来得聪明。他从小就对圆形阶级的权威崇敬不已。他对这种情况的处理，敏锐得出乎我的意料。他一直保持沉默，直到决议的最后几个字念完了，才哭了起来："亲爱的爷爷，我那是开玩笑的，没有别的意思。那会儿我们还不知道新律法呢，我应该也没有说过什么三维空间。至于'向上，而不是朝北'，我敢肯定我一个字也没有提到过。爷爷知道的，这种话都是胡说八道。一个东西怎么可能'向上，而不是朝北'移动呢！即便我还小，也不会这么离谱。这太蠢了哈哈哈！"

　　"这一点儿也不蠢。"我生气了。"比如这里有一个正方形，"我一边说着一边说着，一边抓起了一个可以移动的正方形，而后把它平放在手里，"然后我移动这个正方形，你看，它并不是朝北移动，而是'向上'移动。没错，'向上'移动。你没听错，我说的确实不是'朝北'，不完全一样，不过……"说到这儿，我有点说不下去了，随意地晃着手中的正方形。我的孙子突然迸发出一阵大笑，笑声比以往任何时候都清脆响亮。他说我并不是在教他，而是在和他开玩笑。说着，他打开房门，跑出了房间。这样，我的第一次三维空间的福祉宣讲尝试夭折了。

第二十二章
我是如何尝试用其他方法传播三维理论的，
效果如何

　　我尝试对孙子宣讲三维世界的福祉，但是失败了。不过我并没有因为这一次失利，就将这个秘密告诉家里的其他人，也没有因此变得垂头丧气，不抱希望。只是我发现，我不能完全依赖这句"向上，而不是朝北"。我更应该做的，是努力向公众清晰展示整个三维世界，这样才能证明我说的话。为了达到这个目的，我觉得有必要诉诸写作。

　　于是，我偷偷花了几个月的时间撰写论文，论述三维空间的奥秘。不过为了尽可能不触犯法律，我讲述的不是物理维度，而是思想国的维度。理论上来说，思想国的人可以俯视平面国，同时可以看到平面国所有事物的内部。思想国的人可能由六个正方形和八个端点构成。但是，写这本书的时候，我发现自己没办法画出合适的插画来帮助我达到目的，我非常沮丧。因为正如你们所知道的，平面国没有写字板，只有直线；没有图表，只有直线。所有东西都是一条直线，只能通过大小和亮度区分。所以在我写完这篇名为《从平面国到思想国》的论文时，我不确定有多少人会理解我的意思。

与此同时，我的生活蒙上了一层阴影。一切昔日的乐趣都不再令我快乐，所有的景象都在诱惑我，诱使我公然叛逆。因为我总是忍不住要将二维世界的景象和三维世界做对比。我很想大声将比较结果宣之于口，我忍不住。我无心经营，也无心工作，一心思索我曾经看到的奥秘。但我却不能告诉任何人，我甚至发现我越来越难回忆起当时的梦境了。

我从立体国回来十一个月后的某一天，我闭上双眼，试图回忆出立方体的样子，却没有成功。后来虽然成功了，但我并不十分肯定我是否完全重现了立方体，因为我也就成功了那么一次。这让我变得更忧郁了，于是我下定决心，准备采取行动。但到底要怎么做，我其实不知道。我觉得如果能因此产生信念，我愿意为了这个事业付出自己的生命。但如果我连自己的孙子都说服不了，我又如何能够说服平面国的最上层圆形阶级呢？

不过有那么几次，我都快承受不住精神压力了，只能通过吐露三维世界的点滴来排解自己，不过我说的话有点儿危险。就算我没有背叛国家，我在别人眼里已然是个异端了。

我很清楚自己的危险处境，不过即便在最上层的多边形和圆形阶级面前，我有时也很难克制自己，忍不住发出对周围人的质疑，甚至还说些带点儿煽动性的话。比如，坊间有人讨论要如何处理那些宣称自己获得了看见事物内部力量的疯子，我就会引用圆形阶级某位先祖的话，这位先祖曾说先知和受到启发的人总会被大多数人看作疯子。偶尔我也忍不住说一些"洞察事物内部的双眼""可视万物的土地"之类的话。还有那么一两次我甚至说了禁语，比如"第三、第四维度"。犯了一堆小错之后，我惹了个大事。在地方推导协会的一次会议上，有个蠢货读了一篇文章。文章仔细讲述了为什么上天将我们的世界定义为二维世界，以及为什么全能属性只有最高阶层才配享有。听到这里，我全然不管不顾了，明明白白地讲述了我和球体在立体世界的旅途，我们在首都大会堂的经历，然后又访问立体空间的故事，还包括我回家后的生活。起初，我确实虚构了一个人，假装我在描述这个人的想象。不过，我的热忱很快就令我抛下了所有伪装。最后，在一次激昂的总结陈词中，我规劝听众摒弃偏见，归顺三维空间。

我需要讲讲我即刻被逮捕到议会的故事吗？

第二天早上，我站在了和球体几个月前来过的地方。我开始了我的陈词，没有人质疑，也没有人打扰。不过我从一开始就知道了自己的命运。法庭上原有几个阶级较高的警察，他们

135

的角度鲜少低于55度。审判长在我开始陈词前，要求这些警察离场，换上了角度只有2、3度的警察替代。我知道这是什么意思。我要么被处决，要么被监禁，我的故事将成为机密，听到这件事的官员也将被同时处死。既然如此，审判长自然希望用更小的代价换取同等的利益。

我的陈词结束了。审判长大概觉察到我的诚恳打动了一些年轻的圆形阶级，于是问了我两个问题：

第一，我是否能够找到我所谓的"向上，而不是朝北"并指给他们看？

第二，我是否可以通过任何图表或描述，向他们展示我所谓的"立方体"？通过假设列举立方体边和角的这个方法远远不够。

我坚称我无法再说更多了。我必须忠于真理，因为它终将取得胜利。

审判长说他完全同意我的想法，觉得我已经尽力做到最好了。法庭判处我终身监禁。如果真理需要我从监狱里出来，继续向全世界宣讲福祉，那我相信它会让我出来的。在此期间，只要我不想着越狱或者做出任何不当的行为，否则，我在这里的日子不会太难过。有时，我还可以去看望我的兄弟，他在我之前就被判处监禁了。

七年过去了，我还在服刑。除了偶然过来拜访的兄弟，和此间工作的狱卒，我没有别的同伴。我的兄弟是正方形阶层的个中翘楚，他公正、明智、开朗，兄弟情谊深厚。不过我也承认，每周一次的会面从某种程度来说，让我觉得痛苦万分。球体在议会厅展示自己的时候，他在场，他看到了球体不断变化的截面，也听到了球体对这个现象做出的解释。随后的七年中，我每周都不厌其烦地跟他分享那次球体展示自己的时候，我在其中扮演了什么样的角色。我还事无巨细地向他描述立体国的各种现象，以及从类比中推导出的论据，用来证明立体事物的存在。不过很惭愧，我的兄弟还未掌握三维空间的本质，他也坦率地向我承认，他并不相信球体的存在。

我的宣讲又失败了。在我看来，千禧年启示对我而言毫无意义。立体国的普罗米修斯注定要为人类带来火种；而我，平面国的普罗米修斯，惨兮兮地躺在监狱里，无法给我的同胞们带来任何东西。不过我还是希望这些回忆录能通过某种方式流传出去，虽然我也不知道能用什么方式。但愿这些回忆录能与某个维度的人类思想产生链接，激起他们的反抗情绪，反对自己被局限在有限的维度空间里。

心情明媚的时候，我才会怀揣这种希望。唉，不过我不总是怀揣希望。坦白说，我不敢言之凿凿自己还记得那个立方体的确切形态。每每想到这儿，我的心情会变得很沉重，思想负担也变得沉甸甸的。深夜入梦的时候，那句神秘的"向上，而不是朝北"依然萦绕在我的脑海中，如斯芬克斯①一样吞噬我的灵魂。不过，这也是我为追求真理做出的牺牲，包括时不

---

① 斯芬克斯：古埃及神话中长着翅膀的怪物，是谜语的化身。

时的精神虚弱。我偶尔会出现幻觉，看到立方体和球体从我眼前掠过，飞入由不可能存在的物质所构成的环境中。偶尔我也会觉得三维世界的国度，看起来如一维空间或零维空间一般虚幻。不，就连这堵隔绝了我奔赴自由的厚墙、这些我用来书写的板子，以及平面国本身的所有现实，只不过是我病态想象的衍生，或是梦境虚无的产物。

作者小传

埃德温·A.艾勃特（Edwin Abbott Abbott，1838—1926），英国著名神学家、小说家、数学家、教育学家，莎士比亚文学研究者以及古典文学（拉丁文和希腊文）学者。

艾勃特出生于英国伦敦的教育世家，原名Edwin Abbott Abbott，是因为他的父亲和母亲是堂姐弟，姓氏相同，他的中间名即是代表母亲简·艾勃特。

艾勃特中学时就读于英国古老的伦敦城市学校，之后获得奖学金进入剑桥大学，在圣约翰学院修读古典文学与宗教学。不过他在数学方面更有天赋。读书期间，在跨学科的数学考试中，成绩同样名列前茅。

1862年，艾勃特毕业后投身教会成为牧师，并追随父亲的脚步投身教育事业。

1865年，时年27岁的艾勃特回到中学母校伦敦城市学校担任校长。赫伯特·亨利·阿斯奎斯（第一次世界大战时的英国首相）曾是他的学生。

1868年，一位宗教界人士向伦敦市长投诉，表示艾勃特布道时"煽动穷人与富人对立"。艾勃特回应："我们应该容许人们对悲惨的现状表达深刻的不满"。

1870年，英国法律首次允许女性担任校董会董事，艾勃特帮助两位女权主义者——艾米丽·戴维斯和伊丽莎白·加勒特·安德森参选，并最终都当选了。

1884年11月，艾勃特用笔名"一个正方形"出版了这本天马行空而又不乏讽刺色彩的中篇小说《平面国》。同年12月，在听取了友人和文化界人士的意见后，艾勃特对内容略作调整并撰写自序，此次再版的版本（即第二版）成为日后流传最广的版本。只不过，当时第二次工业革命尚未结束，人们对于空间维度并没有什么概念，所以并未引起很大反响。而距离爱因斯坦《广义相对论》的诞生，还有32年。

1885年，《牛津国家人物传记大辞典》出版，内中收录的艾勃特词条下尚未提及《平面国》这本书，而现如今，他的其他五十多本关于关于宗教、语言、人物传记等的著作已少有人知，《平面国》却成了传世之作。

1887年，艾勃特签署请愿书呼吁剑桥大学打破传统招收女学生（《一间自己的房间》里伍尔夫对于女性受教育及社会地位问题也予以阐释）。

1889年，艾勃特因反对学校董事会削弱古典文学的教学而辞职。

退休后，艾勃特一直致力于文艺和神学的研究，出版了《使徒圣保罗回忆录》《坎特伯雷的圣托马斯行传》《莎士比亚时期的英语文法》等作品，在教育界与神学界享誉一时，并担任英国国家学术院院士。

1897年，剑桥大学就是否应授予女生学位的问题举行投票，投了赞成票（最终因661票赞成、1707票反对，未能通过）。他的女儿玛丽·艾勃特在剑桥接受教育，并取得优异成绩，可惜受时代所限未被授予学位。玛丽终生未嫁，随父亲进行研究工作。

*** ***

2007年，美国出了两版据《平面国》创作的同名影片，分别由Ladd Ehlinger Jr.和Dano Johnson执导。两部动画获得的评价都很不错，值得一观。

2007年在哥伦比亚广播公司首播的《生活大爆炸》中，主角谢尔顿也说过："如果可以造访一个幻想中的国度，我最想去的地方就是平面国。"

平面国是个有着浓厚反乌托邦色彩的国度，其政策和意识形态对底层民众思想的钳制，以及对女性的歧视，影响了包括《1984》《美丽新世界》《华氏451》《使女的故事》在内等诸多知名反乌托邦题材的著作。

No, not Northward;

upward;

out of Flatland altogether.

——希望我们都能突破心中的窠臼

图书在版编目（CIP）数据

平面国 /（英）埃德温·艾勃特（Edwin A. Abbott）
著；（当代）张翔译 . -- 南京：江苏凤凰文艺出版社，
2024.2（2025.8 重印）
　　ISBN 978-7-5594-7970-9

　　Ⅰ . ①平… Ⅱ . ①埃… ②张… Ⅲ . ①幻想小说 – 英
国 – 现代 Ⅳ . ① I561.45

中国国家版本馆 CIP 数据核字 (2023) 第 166477 号

平面国

（英）埃德温·艾勃特　著　张翔　译

选题策划	栗子文化
策划编辑	钱　丽
责任编辑	白　涵
封面设计	刘　军
出版发行	江苏凤凰文艺出版社
	南京市中央路 165 号，邮编：210009
网　　址	http://www.jswenyi.com
印　　刷	北京中科印刷有限公司
开　　本	880mm×1230mm 1/32
印　　张	5
字　　数	99 千字
版　　次	2024 年 2 月第 1 版
印　　次	2025 年 8 月第 3 次印刷
书　　号	ISBN 978 - 7 - 5594 - 7970 - 9
定　　价	39.80 元

THE END

OF

FLATLAND

The baseless fabric of _y vision

Melted into air int thin air

Such stuff as dreams made on